ESCRITA MALDITA

Escrita Maldita

Copyright © 2023 by Lur Sotuela
Copyright © 2023 da Starlin Alta Editora e Consultoria Eireli.

ISBN: 978-65-81275-49-5

Impresso no Brasil – 1ª Edição, 2023 – Edição revisada
conforme o Acordo Ortográfico da Língua Portuguesa de 2009.

Dados Internacionais de Catalogação na Publicação (CIP) de acordo com ISBD

S718e   Sotuela, Lur

Escrita Maldita / Lur Sotuela ; traduzido por Carlos Quiroga. - Rio de Janeiro : Alta Books, 2023.
144 p. ; 14cm x 21cm.

Tradução de: Maldita Literatura
ISBN: 978-65-81275-49-5

1. Literatura espanhola. 2. Ficção. I. Quiroga, Carlos. II. Título.

2023-943
CDD 860
CDU 821.134.2

Elaborado po: Odilio Hilario Moreira Junior - CRB-8/9949

Índice para catálogo sistemático:
1. Literatura espanhola 860
2. Literatura espanhola 821.134.2

Todos os direitos estão reservados e protegidos por Lei. Nenhuma parte deste livro, sem autorização prévia por escrito da editora, poderá ser reproduzida ou transmitida. A violação dos Direitos Autorais é crime estabelecido na Lei n° 9.610/98 e com punição de acordo com o artigo 184 do Código Penal.

A editora não se responsabiliza pelo conteúdo da obra, formulada exclusivamente pelo(s) autor(es).

Marcas Registradas: Todos os termos mencionados e reconhecidos como Marca Registrada e/ou Comercial são de responsabilidade de seus proprietários. A editora informa não estar associada a nenhum produto e/ou fornecedor apresentado no livro.

Erratas e arquivos de apoio: No site da editora relatamos, com a devida correção, qualquer erro encontrado em nossos livros, bem como disponibilizamos arquivos de apoio se aplicáveis à obra em questão.

Acesse o site **www.altabooks.com.br** e procure pelo título do livro desejado para ter acesso às erratas, aos arquivos de apoio e/ou a outros conteúdos aplicáveis à obra.

Suporte Técnico: A obra é comercializada na forma em que está, sem direito a suporte técnico ou orientação pessoal/exclusiva ao leitor.

A editora não se responsabiliza pela manutenção, atualização e idioma dos sites referidos pelos autores nesta obra.

Produção Editorial
Grupo Editorial Alta Books

Diretor Editorial
Anderson Vieira
anderson.vieira@altabooks.com.br

Editor
Ibraima Tavares
ibraima@alaude.com.br
Rodrigo Faria e Silva
rodrigo.fariaesilva@altabooks.com.br

Vendas ao Governo
Cristiane Mutus
crismutus@alaude.com.br

Gerência Comercial
Claudio Lima
claudio@altabooks.com.br

Gerência Marketing
Andréa Guatiello
andrea@altabooks.com.br

Coordenação Comercial
Thiago Biaggi

Coordenação de Eventos
Viviane Paiva
comercial@altabooks.com.br

Coordenação ADM/Finc.
Solange Souza

Coordenação Logística
Waldir Rodrigues

Gestão de Pessoas
Jairo Araújo

Direitos Autorais
Raquel Porto
rights@altabooks.com.br

Assistente Editorial
Henrique Waldez
Milena Soares

Produtores Editoriais
Illysabelle Trajano
Maria de Lourdes Borges
Paulo Gomes
Thales Silva
Thiê Alves

Equipe Comercial
Adenir Gomes
Ana Carolina Marinho
Ana Claudia Lima
Daiana Costa
Everson Sete
Kaique Luiz
Luana Santos
Maira Conceição
Natasha Sales

Equipe Editorial
Ana Clara Tambasco
Andreza Moraes
Arthur Candreva
Beatriz de Assis

Beatriz Frohe
Betânia Santos
Brenda Rodrigues
Caroline David
Erick Brandão
Elton Manhães
Fernanda Teixeira
Gabriela Paiva
Karolayne Alves
Kelry Oliveira
Lorrahn Candido
Luana Maura
Marcelli Ferreira
Mariana Portugal
Matheus Mello
Patricia Silvestre
Viviane Corrêa
Yasmin Sayonara

Marketing Editorial
Amanda Mucci
Guilherme Nunes
Livia Carvalho
Pedro Guimarães
Thiago Brito

Atuaram na edição desta obra:

Tradução
Carlos Quiroga

Revisão Gramatical
Andresa Vidal Vilchenski
Luiz Henrique Moreira Soares
Mariana B. Naime

Diagramação e Capa
Marcelli Ferreira

Editora afiliada à:

ALTA BOOKS
GRUPO EDITORIAL

Faria e Silva é um selo do Grupo Editorial Alta Books
Rua Viúva Cláudio, 291 – Bairro Industrial do Jacaré
CEP: 20.970-031 – Rio de Janeiro (RJ)
Tels.: (21) 3278-8069 / 3278-8419
www.altabooks.com.br — altabooks@altabooks.com.br
Ouvidoria: ouvidoria@altabooks.com.br

Lur Sotuela

ESCRITA MALDITA

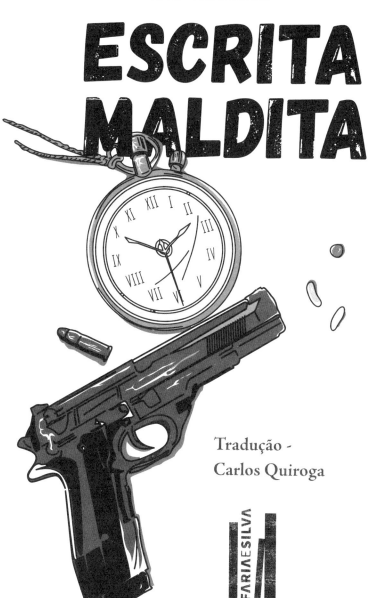

Tradução -
Carlos Quiroga

Sumário

Escrita Maldita	7
Antologia imaginária de marginais, heterodoxos e malditos	
Ájax de Beócia, guerreiro	9
Ígnea Brug, longeva	17
Olivier Costa, canibal	25
Robert Louis Chaville, professor	31
Oliveiro da Fuoco, marinheiro	37
Guillaume de Frocsite, jardineiro	43
Otto Dunkel, nazi	49
Curtis Floyd, pugilista	55
Katherine le Grass, bruxa	61
Leopold Johnnson, o exato	69
Maria Elisa Júcar, guerrilheira	75
Kassius Koltz, efêmero	81
Vladik Kospèk, assassino	87
Larry Kulpek, viageiro	91
Connor Mac Lury, lobisomem	97
Paris Morel, namorado	103
Gilberto Nuno das Rosas, ocultista	109
Alice Ouvert, desaparecida	117
Amund Robertsson, o urso	125
Ulrike Walden, freira	131
Sebastian Wolga, o mau suicida	137

ESCRITA MALDITA

ANTOLOGIA IMAGINÁRIA DE MARGINAIS, HETERODOXOS E MALDITOS

Peço desculpas ao leitor desta obra se inicio esta breve introdução à antologia da literatura maldita, essa literatura escrita às margens da história e da criatividade humana, com uma vaga lembrança que navega indecisa pela minha memória, e que, sem dúvida, constitui a origem deste livro.

Devo me entremear por essa névoa escura até à minha infância; para os anos azuis e perdidos em que descobri o fascinante mundo dos livros e mergulhei na recheada biblioteca familiar, tentando encontrar mundos que fossem capazes de me explicar aquele em que eu habitava.

Em uma tarde de inverno, enquanto a luz esmaecia, o meu pai me falou, num tom de devaneio, dos heterodoxos, dos marginais, daqueles autores que percebiam a realidade de maneira única e pessoal. Ofereceu-me, apontando com certa apreensão, algumas obras, e aquelas primeiras leituras, aqueles mundos alheios e imperfeitos, explodiram em mim como uma noite em chamas, agitando-me como a tempestade em uma flor. Esses livros foram os que moldaram o meu amor pela literatura, amor que segue a transitar a minha profissão e a minha vocação.

Um amigo, a quem quero agradecer nesta introdução pelo tempo que me emprestou, convidou-me a falar na rádio sobre escritores que foram indispensáveis na minha jornada literária, sobre os poetas e autores que deixaram marcas em mim como criador. Decidi, então, escrever, para aquele espaço radiofônico, uma série de perfis dos autores que considerava essenciais e que se achavam muito longe dessas leituras impostas pelo cânone, gerando um *corpus* único de malditos, heterodoxos e marginais. Investiguei até descobrir aqueles que se encontravam perdidos em seus mundos; ao achá-los, uma luz escura iluminou este trabalho. Os escritores tiveram o seu momento nas ondas do rádio, e decidi trazê-los, mais tarde, para estas páginas.

Aviso ao leitor de que não enfrenta um livro típico, um texto canônico, já que não é nem um romance, nem um livro de relatos, nem uma obra lírica; tampouco um ensaio. É tudo isso e algo mais. Esta "maldição da escrita" constitui uma profunda vivência literária, com conotações de ficção e de realidade, que se entrelaçam poderosamente para cristalizar numa leitura cheia de poesia, humanidade e liberdade. Transitem, deste modo, pelas suas páginas, dispostos a se comover, a compreender, rir, sonhar, porque isso, definitivamente, maldita ou não, é a literatura.

ÁJAX DE BEÓCIA,
GUERREIRO

Numa poeirenta urna do Museu Arqueológico da cidade de Calamata[1] descansam os oxidados fragmentos de Escarlata, a espada de Ájax de Beócia, e, ao lado dela, algumas folhas originais e inevitavelmente amarrotadas pela passagem do tempo das suas incomparáveis *Éclogas de Cylene*, obra que, a nosso juízo, contém alguns dos mais insignes versos da literatura ocidental. Passaram mais de dois mil anos desde que quebrara a sua espada e o sangue do herói umedecera a terra.

Há referências que apontam o lugar e a hora da sua morte, as suas façanhas e a sua ascensão política, mas ninguém conhece a sua origem; não existem dados acerca do seu nascimento ou de sua família, e, pelas suas palavras e poesia, dizia-se que era um pequeno deus, já que ele afirmava ser filho de si próprio e ter vindo à luz pela vez primeira num campo de batalha. Ignora-se também de que maneira adquiriu os conhecimentos que lhe permitiram redigir um livro tão à frente à sua época. E, acima de tudo, também pertence ao mundo do irresolúvel a identidade da bela e misteriosa Cylene, e que relação mantinha com o guerreiro.

O historiador helênico Cláudio Flópio, no seu extenso tratado *História natural do homem*, descreve-o com brevidade como uma das mais ferozes criaturas das que se tem informação, um militar terrível e impiedoso, ao tempo que como autor de alguns dos poemas mais doces, elevados e perfeitos da sua época. Ájax era um mercenário sem facção nem bandeira. Batalhou sob o sol da África, tingiu o mar Mediterrâneo com o sangue dos seus inimigos, mas onde a sua carreira castrense e literária atingiu maior transcendência foi nas chamadas Guerras do Peloponeso.

Em poucas semanas mergulhando na Biblioteca Nacional de Israel, em Jerusalém, achei numa raridade bibliográfica intitulada *As folhas do tempo*, o relato de uma pequena mas cruenta escaramuça ou breve batalha quase desconhecida, que enfrentava atenienses e espartanos no mais profundo despenhadeiro. Nas suas páginas, como soube mais tarde, consideradas por certos historiadores como uma grosseira ficção, em que o protagonista é o poeta a quem dedico este retrato, pode-se apreciar a ferocidade bélica que Ájax desempenhava nos combates. Transcrevo a seguir algumas frases do tão épico texto; mais, sem dúvida, uma epopeia ou uma lenda do que uma rigorosa passagem histórica, que a nosso juízo parece exprimir a personalidade da excepcional personagem:

O bosque outonal era muda testemunha da contenda. Espadas espetadas na terra, soldados estendidos em charcos de sangue; o rosnido selvagem de homens lutando contra homens, os gritos de medo e ferocidade pairando no silêncio. Ájax de Beócia e os seus guerreiros eram ultrapassados em número pelos espartanos. Uma dúzia de atenienses acompanhava na batalha o bravo Ájax. Numa pedregosa lomba governada por uma monumental faia, Ájax resistia, sem se render, ao violento ataque dos seus inimigos. Quando tudo parecia perdido, Escarlata, a imensa espada do nosso herói, brilhou, escura, no momento em que o nosso protagonista entrou num estado de total frenesi. Arremeteu contra os espartanos de peito descoberto, apenas com sua espada. A velocidade e a selvageria da sua embatida desconcertou os seus adversários, que caíram, sob Escarlata, como trigo debaixo da gadanha. Ájax se ergueu entre as espadas e lanças enquanto segredava entre os seus formosos lábios algum sortilégio ou poema desconhecido. Naquela tarde, o herói sem pátria acrescentou outra glória à sua lenda e uma vitória para os atenienses.

É possível que no poema quinto das suas *Éclogas* glose este combate. Nele, de maneira metafórica, o herói grego enfrenta sozinho um grande grupo de inimigos. A força expressiva, inconscientemente vanguardista, não é meramente superficial, mas escava com suas palavras no mistério de ser homem. É um dos seus poemas mais extensos, pelo que extraio neste fragmento que de alguma maneira nos leva à reflexão que encontrei no misterioso incunábulo, e ao que antes temos aludido, intitulado *As folhas do tempo*:

(…)
A luz não chegava a afagar-me os olhos
e uma fragrância sombria silenciava o bosque.
A noite brilhava em cada espada,
e eu, algemado de espanto e desamparo,
esperava outro mundo, outro mundo inalcançável.
Senti então fogo nas mãos,
era Escarlata,

que sussurrava o meu nome. Oh, Cylene,
sussurrava o teu também.

Então, na sombra e na aurora
fui final e princípio, tudo e nada,
para acabar com eles, com todos eles,
para, finalmente, acabar comigo.

Ájax de Beócia, apesar de ter legado à posteridade unicamente um livro inacabado, que consta de 38 poemas, alguns deles de final abrupto e sem dúvida incompleto, forma parte desta antologia de escritores malditos por direito próprio, já que poderia ser considerada uma figura fundacional da poesia moderna, um visionário, dada a originalidade e profundeza de uma obra única e intensa.

Esquecido durante séculos, considerado um poeta menor, devido especialmente à incapacidade de compreender por parte da crítica a profundidade da sua lírica, não foi até o ano 1870, quando o poeta e escritor Lázaro Guilote, apoiado pelo impressor Tobias Kastasse, publicou de novo a sua obra em Ediciones Cuernavaca, a mítica casa editorial que ambos dirigiam e que se dedicou fundamentalmente a recuperar joias similares às *Éclogas de Cylene* do cruel esquecimento do tempo. O imenso amor que Lázaro Guilote professava à poesia de Ájax de Beócia se vê refletido de modo patente num ensaio sobre poesia elevada, como intitulou o seu texto, publicado na revista literária *Le Punt en Blanch*, em maio de 1898, do que oferecemos ao leitor um breve fragmento:

Nada me deixou mais admirado na vida, mais abismalmente maravilhado, que a leitura das *Éclogas de*

Cylene, de Ájax de Beócia. Marcou profundamente as minhas leituras posteriores e volto a elas regularmente, buscando nos seus versos algum remédio, um bálsamo para este costume que tem o meu coração de latejar. Apesar da variedade métrica, claramente adiantada ao seu tempo, apreciamos na arquitetura lírica que Ájax constrói no seu livro de poemas um tom de beligerante materialismo, uns pilares que se assentam num cínico existencialismo e uma busca linguística e expressiva que profana o seu tempo e espaço poéticos. É, sem dúvida, o grande poeta da sua época, o grande desconhecido da poesia universal. É, simplesmente, Ájax de Beócia.

O guerreiro nunca se considerou a si próprio um homem de letras nem perseguiu a glória literária, escrevendo nas margens da história, buscando o conhecimento na idealizada Cylene, que ao nosso entender representa a resposta às angústias vitais que atormentam o ser humano. *Éclogas de Cylene* está composto por hinos de diferentes extensões e temáticas, que transitam entre o poema amoroso e o de temática falsamente épica, tudo isso conjugado com um tom de especulação metafísica. A obra gravita em volta de uma série de provas e batalhas singulares que Ájax terá de enfrentar, de maneira similar a Ulisses, para conseguir o favor de Cylene,[2] a figura distante e sublimada da pessoa amada, do ideal vital e filosófico que cura as feridas e outorga felicidade ao homem.[3]

Traído pelos seus camaradas, Ájax caiu numa cilada quando participava de uma caçada. A sua morte, apesar da coragem com que o guerreiro se lançou à batalha, foi irremediável. Escarlata, a sua espada, foi aquela mesma noite quebrada em centenas de pedaços. Como símbolo também da aniquilação da figura do herói. Conta a lenda, que como todas as fábulas não deixa de ser improvável, mas que resulta profundamente formosa, que, moribundo, e antes de fechar os olhos pela última vez, sussurrou os versos finais do poema número 27 do seu cancioneiro, aquele que diz:

(...)
Escarlata, espada minha, a tua forma furiosa
descansará da luta algum dia,
e sobre esses pedaços habitarão os meus sonhos.
E tu, Cylene, oh, Cylene,
formosa e inalcançável,
submergirás então
a palavra na luz
para arrastar-me à noite,
completamente humano, à noite.

NOTAS

[1] Calamata, ou Kalamata, é a capital de Messênia, na periferia do Peloponeso. Na atualidade conta com 60 mil habitantes.

[2] A figura de Cylene é profundamente metafórica e tem originado uma grande controvérsia por parte da crítica.

[3] Não há dados verazes sobre o momento e o lugar da morte de Ájax de Beócia, e toda a informação reunida para este perfil provém de canções e lendas.

BIBLIOGRAFIA

Éclogas de Cylene, Ájax de Beócia, Lázaro Guilote (ed.), Edições Cuernavaca, 1870.

História natural do homem, Cláudio Flópio, Edições clássicas, 1921.

As folhas do tempo, incunábulo. Anônimo.

ÍGNEA BRUG,
LONGEVA

O tempo não está na paisagem, não vibra no horizonte; existe unicamente na olhada, mas nos prende desde lá, devora-nos, prende-nos, e decidimos com perseverança sonhar o instante, contar o tempo. Se aprendêssemos a esquecer a passagem dos ciclos, viveríamos mais, seríamos criaturas mais completas. Se hoje, agora, enquanto lê estas frases, pudesses escapar do tempo e estivesses simplesmente no mundo, a vida teria mais sentido. Eu fiz isso, e esta é a minha história.

Este fragmento pertence a principal obra de Ígnea Brug, intitulado *Perdido no tempo*. Nele, o seu protagonista, Eliseu de Flambert, descobre por acaso o segredo da imortalidade, e, após alcançá-la, atravessa a história, vivendo diversas aventuras pelas diferentes épocas, meditando, com um tom místico, mas poderosamente humano, sobre o homem e a sua transformação no decorrer dos séculos. A história da autora não é menos misteriosa que a do protagonista da sua obra. Lenda que viveu demasiados anos para um ser humano; desconhecemos a veracidade desta afirmação, mas certo e inquestionável é que a sua carreira, ou pelo menos os livros assinados por Ígnea, estendem-se por mais de cento e cinquenta anos.[1]

Ígnea Brug nasceu em Buenos Aires, no dia 4 de março de 1810, numa família de comerciantes judeus originários da Polônia. Eram cinco irmãs, e aparentemente Ígnea era a mais enérgica, como o seu nome fazia pressagiar, a mais bela, e também a mais triste. Juan Carlos Bayón, pseudônimo de Ígnea Brug, publica o seu primeiro poema no número 39 da revista *Harmonías*, no ano de 1829. Adverte-se nele uma acendrada maturidade estilística, apesar de que a nossa protagonista não chegava aos 20 anos quando escreveu estes etéreos versos.

Como ígneos emissários brilham
de esmeralda os teus olhos,
e eu ardo neles sem tempo,
tão triste como sozinha,
até que cheguem os teus lábios
a nomear o instante de fogo,
o ansiado relâmpago do sonho.

Alentada, segundo se afirma, pelo seu progenitor, para perseverar na arte e na literatura, antes de completar 25 anos publica dois romances com o pseudônimo de Bayón: *O sentido da peônia*, e a muito recomendável *Areia entre os dedos*. A crítica portenha saúda com satisfação as suas ficções e a elogia como uma das promessas nacionais do século XIX, ainda sem saber que quem escrevia era uma mulher. Segundo uma das maiores especialistas na sua obra, a professora Juliet Vipree, Ígnea, farta de viver enclausurada numa sociedade opressiva, após a morte dos seus pais, muda-se para Paris em busca de uma linguagem própria e de novas vivências na cidade-luz. Lá frequenta os círculos artísticos e publica um par de antologias poéticas, que a meu ver têm pouca relevância. Casa com o pintor e escritor Pierre Foucard, com quem mantém uma apaixonada e turbulenta relação. A tuberculose mata o seu marido dez anos depois do casamento, e Ígnea, então, renuncia à vida social da capital francesa e some no esquecimento. Reaparece três décadas depois, com a bem-sucedida publicação do seu original romance, ao que já aludimos, *Perdido no tempo*. A repercussão que consegue com ele impele-a a se dedicar ao teatro. Dos seus sete dramas teatralizados, destaca *O amor da tia Inês*, que prefigura o teatro do absurdo. Casa-se novamente, desta vez com um fabricante de sapatos, com quem tem uma filha. Se era filha natural ou adotada, ignora-se, pois então Ígnea devia ter cerca de 80 anos. A lenda da sua longevidade começa a se forjar por aquela época. Gladys Courier, a reputada editora, narra assim o seu primeiro encontro com Ígnea em sua interessante biografia, *Tinta vermelha: a correção de uma vida*.

Conheci Ígnea Brug no ano 1889, quando preparávamos a publicação do seu esplêndido romance *A guerra aberta*. Era proverbial nos ambientes intelectuais o seu aspecto viçoso e juvenil, mas ao vê-la tive uma grande surpresa. Não era possível que aquela mulher tivesse 72 anos. Na minha opinião, não aparentava mais de 40; era realmente assombroso. Uma década mais tarde voltamos a nos ver, e naquela ocasião pensei que tinha enfeitiçado a passagem das horas, que tinha parado, com algum estranho feitiço, o tempo com o intenso poder do seu olhar.

Sobreviveu ao seu segundo marido e desapareceu de cena. Ninguém teve notícias sobre seu falecimento, mas foi dada, passado um tempo prudencial, por morta, e algumas das suas criações atravessaram o imaginário popular, convertendo-se em obras de culto.

A partir deste momento, a história de Ígnea se torna tão estranha quanto irreal, passando a ser material de lenda. No dia 10 de maio de 1935, quando Ígnea deveria ter 125 anos, publica-se simultaneamente na Alemanha e na França o livro de relatos *O instante roubado*, uma série de contos, delicados e rotos, de feroz ternura e profunda reflexão sobre a dor pelo perdido e a passagem do tempo. A comovente emoção que destila estas histórias, unida à estranha história de sua longeva autora, tornam o livro um best-seller em toda a Europa.

Ninguém a vê, ninguém se comunica com ela, todas as publicações posteriores, dois romances e uma antologia poética, que se estendem no decorrer de mais de quatro décadas, são canalizadas por meio da sua agência literária, fixada em Nova York.[2] Asseguram algumas teorias que tudo é uma ficção, um jogo tramado por Ígnea e prorrogado no tempo pela sua filha e/ou por algumas discípulas na arte da escrita.

Isasi Gollomp opina que a história de Ígnea é um reclame comercial alimentado pela fábula da longevidade da argentina. Isasi escreveu um esclarecedor estudo sobre a vida e a obra de Ígnea, que leva o poético título de *A sombra de um relógio de areia*. Dele extraímos a seguinte reflexão:

A obra de *A imemorial*, como era conhecida no seu país de origem, é desigual, mas, indubitavelmente, existem tramas, personagens, livros completos que formam, apesar de situar-se fora do cânone ocidental, um *córpus* único e poderoso. Afastada das regras literárias, dos conceitos canônicos e da posteridade, a sua obra encerra segredos tão imensos que causa vertigem, assomar-se às suas profundidades. A sua linguagem, tão pura, tão complexa, tão elaborada, era, na realidade, um entrecortado soluço, uma maravilhosa forma de pranto, uma maneira de exprimir a sua preocupação pela perda, o esquecimento e a passagem do tempo, únicos temas constantes no conjunto da sua produção. É de leitura obrigatória o seu romance *Perdido no tempo*. Recomendável, já que logo, imersos nessa extraordinária ficção, o relógio, as horas, perderiam a importância, e talvez por um momento o leitor, o homem, deixariam de medir o tempo.

Em 1978, quando se lhe supõem 168 anos, veio à luz o seu último livro – talvez até a data? – de que se tem constância.[3]

A vida da luz é uma antologia nebulosa e eficazmente adjetivada, que oculta tantas leituras como espiadelas, tantos mistérios como instantes na vida de um homem. Em definitivo, consideramos que a verosimilhança do mito da longevidade de Ígnea Brug é irrelevante para a valoração do seu trabalho literário. O importante é engrandecer a profundidade e a beleza de uma obra tão singular como insuperável, e que a eleva ao Parnaso dos estranhos e únicos. Impossível não se render diante destes versos que concluem o seu derradeiro livro.

(…)
No adeus de cor de chumbo da tarde,

num ocaso igual a todos nos seus perfis,
descobre-nos o contato flexível da noite
abandonando-nos ao cultivo profano da sombra,
à recolecção escura dos próprios silêncios.

Na mitologia incompreensível da perda,
na pele ferida do herói existe a terrível
certeza desta parábola de cristais e trevas.
Neste êxodo imperioso de claridades, crepúsculos,
neste habitual caminho do exílio, aprendemos
os enigmáticos ciclos interiores
onde o palpite do sangue, o latejo interior,
são como um astro eternamente condenado.

NOTAS

[1] Ígnea Brug escreveu, até a data, já que a lenda ainda continua viva, e não é impossível que em questão de meses apareça alguma nova obra de sua autoria, mais de trinta títulos, entre livros de relatos, romances e poesia. Muitos deles atingem uma grande altura e voam sozinhos, sem necessidade do mito da longevidade da sua autora.

[2] *Sun of the word* é uma importante agência literária, radicada em Nova York, que durante anos teve a exclusividade de todos os livros de Ígnea.

[3] A publicação de *A vida da luz* gerou uma grande controvérsia entre os que consideravam tudo como uma ordinária campanha de marketing e os que opinavam que era indiferente se a autora era tão anciã como parecia assegurar a sua agência literária, devido à alta qualidade da obra.

BIBLIOGRAFIA

O sentido da peônia, Ígnea Brug. Assinado com o pseudônimo de Bayón, Lapislázuli edições, 1835.
Areia entre os dedos, Ígnea Brug. Assinado com o pseudônimo de Bayón, Lapislázuli edições, 1837.
A Guerra aberta, Ígnea Brug, Editions Le Nort, 1900.
Tinta vermelha: a correção de uma vida, Gladys Courier, Edições Le Nort, 1915.
A sombra de um relógio de areia, Isasi Gollomp, Cuernavaca edições, 1952.
O instante roubado, Ígnea Brug, Ediciones del Laberinto, 1978.
A vida da luz, Ígnea Brug, Ediciones del Laberinto, 1978.

OLIVIER COSTA,
CANIBAL

O único amor que realmente merece a pena nesta fodida vida é comer: comer alimentos, devorar cigarros, embuchar animais, ingerir sentimentos, engolir vegetais, comer homens, devorá-los, comer com ânsias todos os sonhos, todos os desvelos. Em definitiva, o único que importa neste mundo doentio, nesta existência errada, é devorar, com toda a voracidade possível, isto que chamamos vida.

Neste intenso fragmento do romance de Olivier Costa, *O grande banquete*, condensa-se parte da filosofia e do modo de vida do escritor e amanuense. O "príncipe da fome", como é denominado pelo filólogo português Mois de Morena, nasceu em Sidney em meados do século XIX no seio de uma família estabelecida, que lhe permitiu optar por uma seleta educação em Humanidades, ainda que a sua formação fosse em Direito, e desenvolveu praticamente a totalidade da sua profissão nos tribunais lisboetas.

Na biografia da nossa personagem há um momento-chave, tanto para a sua obra como para a sua vida. Quando Olivier tinha 12 anos deixou de comer, caiu numa depressão infantil e o seu apetite esvaeceu, e unicamente graças aos cuidados médicos e familiares conseguiu manter a sua frágil saúde, muito deteriorada, nomeadamente nos momentos críticos da sua prostração culinária, que só recobrou por completo quando começou a praticar o canibalismo aos 21 anos.[1] Na sua autobiografia romanceada, publicada postumamente e escrita durante a sua fase penitenciária, e que nós consideramos um exercício literário inigualável, intitulada *A mordida*, descreve com ardor, com delicado furor e com uma felicidade intensa, aquele momento vital:

Eu sei; sempre soube. A comida é vida; é a sábia, o motor de cada latejo. Mas não é por saber, por conhecer as razões, que as coisas são mais simples. Aos doze anos perdi completamente a apetência, repugnava-me todo tipo de comida; sem dúvida, nela habitava uma melancolia infantil, profunda e feroz, que me embalava entre os seus braços. Durante anos ninguém pôde me afastar de ser o príncipe da fome, mas um dia, já adolescente, a minha mãe contratou os serviços de uma prostituta, tentando achar uma âncora para tão funesta deriva. Chamava-se Carolina, era gordinha e tinha um olho verde e outro azul. Despiu-se devagar, sem deixar de me observar, e se deitou na cama sem conseguir nenhuma reação. Então, olhou-me com os seus olhos multicor e sussurrou: "Morde-me". Aquela mordidela, o sangue, leve e espesso nos meus lábios, a sua essência no meu interior, oh, meu Deus, que perfeição, que salvação escondia aquela mordida.

Olivier Costa, depois daquela primeira incursão no canibalismo, retoma a sua vida, e com complacência a sua relação com a comida em todos os aspectos. A gula da qual faz ostentação e a afeição pelas jantaradas passaram a ser lendárias nos restaurantes lisboetas. Quando aos 45 anos publica uma estranha antologia, *Bocados e carícias*, no que transparece a sua afecção culinária e uma tempestuosa e desconhecida relação carnal, pesa mais de cento e vinte quilos. O peculiar volume rende-lhe uma considerável fama internacional, que o leva a proferir algumas conferências e leituras em universidades estrangeiras.[2] Deveríamos nos deter e dar uma delicada dentada num de seus textos, considerado pela crítica num primeiro momento como um poema romântico, mas no que se apreciam claramente as suas tendências antropófagas. Transcrevemos um fragmento do poema intitulado *Costelas*:

(...)
Sei que na geometria da tua pele
habita o meu apetite e nas tuas costelas
o destino das minhas goelas,
esse lugar mágico onde no fim
poderei achar-me.

Um ano depois vem à luz *O grande banquete*, intenso e estranho romance no qual uma série de personagens se encontra em uma casa de campo do Algarve português para uma celebração familiar, e tudo acaba em uma sucessão de discussões que resultam em uma atroz violência física e em assassinato. Os vencedores, por fim, acabam se devorando, unindo-se uns aos outros.

Este romance é, sem dúvida, no nosso parecer, a sua obra--prima e a de maior qualidade literária. Depois da apresentação dessa ficção, que provavelmente contém muitas passagens autobiográficas, gera-se uma grande controvérsia na opinião pública, visto que poucos dias depois é detido e acusado do assassinato e posterior ingestão de pelo menos 18 pessoas. Essa notícia origina a retirada do volume das livrarias lisboetas, e o converte de imediato em um objeto muito valorado e procurado, por causa do morbo que o seu autor gera. Hoje é um romance de culto.

O processo judicial que o levou à prisão foi um espetáculo midiático que finalizou com a declaração de Olivier Costa. Durante a celebração do juízo, não negou em nenhum momento o seu canibalismo, e simplesmente, com um esgar insaciável, enquanto os presentes continham o alento, assegurou que não tinha sido capaz de evitar. Tinha-o feito, confessou, como uma criança zangada, unicamente porque tinha fome.[3] Foi condenado à prisão perpétua, mas Olivier Costa tardou somente dois anos em falecer, como consequência de sua alimentação irregular, que derivou numa rejeição a qualquer tipo de alimento, e finalmente à morte, vítima da desnutrição.

A sua obra, arrepiante e brutal em determinados momentos, e doce como uma sobremesa em outros, devora, engole, apanha o leitor com a mesma efetividade e crueldade com a que Olivier Costa se alimentou durante mais de vinte anos de seres humanos. A literatura de Olivier é mastigável, mas é complicada de digerir, devido a que na efêmera consistência das suas obras habitam pilares tão humanos quanto persistentes. A qualidade que faz inesquecível a escrita do "príncipe da fome" é a sua avidez de compreensão, pois, como ele próprio assegurou, com cada bocado que do homem dava, mais conhecia o ser humano, melhor entendia os seus segredos. Assim é a sua escrita: quanto mais se mergulha em suas palavras, mais o devora, mais se necessita delas. A passagem final de sua biografia ilustra, com veemência, a sua mais íntima paixão e necessidade, o canibalismo, com cru mas ardente realismo:

Meu amor, agora que o tempo me apanhou, sei que tudo valeu a pena. Lembro-o e a boca faz-se-me água. Estavas atada lá, na minha mesa. Os teus olhos injetados em pânico acordaram mais, se isso é possível, o meu apetite. Salpimentei-te. Aproximei as minhas goelas ao teu rosto e mordi-te. Tanto sabor em ti, tanta vida, e eu, meu amor, tinha tanta fome...

NOTAS

[1] Tomamos essa idade como começo da antropofagia. Jamais saberemos se é certo, ou se a sua desmedida fome humana começou anos mais tarde, mas consideramos essa data como válida por ser parte da sua confissão literária.

[2] Viajou por várias universidades, e o seu caráter impulsivo fez com que deixasse várias das conferências pela metade. A sua justificativa era que, ao olhar para todos aqueles jovens escutando atentamente suas palavras, surgia-lhe um apetite irrefreável.

[3] O julgamento foi muito midiático, e na atualidade existe um documentário, levado às telas por James Walt, intitulado *A fome*, no que se tenta esclarecer o caso e se estuda com pormenor o juízo de Olivier Costa.

BIBLIOGRAFIA

A mordida, Olivier Costa, Do caminho escuro edições, 1900.
O grande banquete, Olivier Costa, Fora de série edições, 1920.
Bocados e carícias, Olivier Costa, Fora de série edições, 1928.

ROBERT LOUIS CHAVILLE,
PROFESSOR

– Professor Chaville, poderia me dar a sua opinião acerca da poesia atual?

– Não a considero nem boa nem má. Esses juízos deixo para outro crítico que tenha, a respeito deste assunto, um maior conhecimento. O que sim posso afirmar é que o equacionamento com que se escreveu a totalidade da lírica dos últimos séculos, pelo menos a que eu conheço e tenho lido, contém uma ideia e um propósito insuficientes, quer dizer, a projeção e intenção são pobres, sem perspectivas, e por essa simples razão considero a criação poética contemporânea um processo falido. Deveria se buscar o poema perfeito, deixar de preencher as estantes com livros carentes de interesse, com poemas ordinários, e escrever de verdade. Escrever poesia autêntica, poderosa; tentar achar no labirinto da palavra o inefável, o absoluto.

Nasceu Robert Louis Chaville, protagonista desta sucinta biografia e da espinhenta resposta anterior, num esquecido lar que descansava nas margens de um rio que percorre incansável desde tempos imemoriais a Bretanha francesa.[1]

Foi num dia de chuva, pardacento, perdido entre as grandes guerras que assolaram a Europa no século passado. Robert foi sempre um homem miúdo e enxuto, de olhos azuis e nariz aquilino, de rosto vestido durante anos por uma acesa barba, que com a passagem do tempo se foi esvaecendo para a cor cinza. A sua família era pobre; mas mesmo tendo sido um menino de origem muito humilde, para ele, desde muito pequeno, desde que a linguagem nos faz seus, a palavra não teve jamais segredos. Com estas qualidades, Robert Louis, nascido para ser camponês, desafiou o seu destino abandonando as tarefas campestres, e, apesar das numerosas dificuldades econômicas, começou a estudar e se apaixonou para sempre, e perdidamente, pela literatura.

Uma percepção poética e humana do mundo, uma sapiência quase ilimitada e um desmedido amor pelo ensino permitiram-lhe obter um posto na Universidade de Dresde. Há testemunhos que acreditam que Robert era um professor extraordinário, um mestre lúcido e empático, grande estudioso da poesia romântica inglesa e da literatura mais setentrional ou boreal, especialmente da obra de Gunner Bradford, sobre a qual escreveu um abrangente ensaio intitulado *Exit of the laberynth*. Quero extrair das suas apaixonantes páginas um fragmento que a nossos olhos resulta esclarecedor para compreender a deriva criativa do professor Chaville:

> Gunner Bradfrod foi um desses escritores estranhos, peculiares. Não procurava nem a irradiação da sua obra para o infinito com a execução de obras medíocres copiadas umas das outras, nem o caminho para a posteridade ou a fama mais efêmera e terrena, mas que a sua palavra transitasse por rumos onde só des-

cansa a autenticidade. Bradford, com apenas três antologias poéticas, é nele mesmo toda uma literatura. A sua intenção, abarcadora e sincera, era a de escrever autêntica poesia.

Poderia, Robert Louis Chaville, ter desfrutado de uma vida aprazível após seu casamento com Casilda Brunheim, companheira de departamento, e dedicado o seu tempo à docência e ao estudo de sagas e poemas nórdicos, mas o seu zelo literário extenuava qualquer outro horizonte. A sua mulher e os seus colegas mais próximos se referem a uma formosa lenda, um mito delicado e maravilhoso.[2]

Tudo provinha da sua infância. Em uma noite de inverno, à lareira, depois de ter derramado no calor do lar as palavras de algum poeta já olvidado, prometeu aos seus pais, humildes e analfabetos, que ele, Robert Louis Chaville, iria escrever o poema definitivo, os versos mais profundos e belos que o ser humano tivesse composto no decorrer da sua história. À essa tarefa, à todas luzes do impossível, entregou a sua existência. Ninguém, no decorrer da sua vida, leu um único verso que tivesse saído da sua caneta, ainda que todos os seus colegas e amigos soubessem da sua árdua dedicação à escrita.

Segundo relatam vários dos seus achegados, a argumentação do professor resultava, uma vez que o tinha explicado, simples, pois para ele existia em todo homem o desejo de entender o abismo, de conhecer a vertigem e a profundidade de dito pélago. Nisso estava ele. Indagando na palavra pura à procura da expressão absoluta.

A influência da sua proposta literária traspassou fronteiras e universidades. Assim, Casey Fitzpatrick, um dos mais distintos professores de humanidades a quem tivemos o gosto de ouvir, assegurava em uma entrevista realizada há uns 15 anos para a edição 44 da revista espanhola de criação e pensamento *El invisible anillo*, quando lhe era perguntado quem era, a juízo dele, o escritor contemporâneo que mais podia fazer pela literatura ocidental naqueles momentos:

> Sem dúvida, Robert Louis Chaville. O professor da Universidade de Dresde busca algo intenso e poderoso; indaga na expressão pura e absoluta, na poesia acrisolada e selvagem, tentando atingir o poema perfeito. Robert Louis cobiça aprender a escutar na queda o sussurro da linguagem, o afago da palavra verdadeira. O poema, então, esse que tenta escrever o professor Chaville, será perfeito, perigoso e terrível. Não duvido de que conseguirá criar um dos mais perduráveis e poderosos poemas da história da literatura.

Nesse empenho misterioso encontramos o professor nos seus últimos tempos. A sua vida foi sempre sóbria e discreta, e unicamente o seu insólito anelo iluminou a sua existência. Durante o processo de interiorização, como ele próprio o denominava, foi abandonando paulatinamente o resto dos seus afazeres, deixou de lecionar, de assistir às reuniões sociais, e no final dos seus dias era tal a obsessão por atingir o inefável, que ingeria tão só uns poucos alimentos que lhe permitissem sobreviver.

O professor morreu em uma manhã, no seu gabinete, com o olhar perdido, buscando o horizonte íntimo, enquanto a chuva afagava a janela. Sobre a mesa, uma caneta e um papel com uns versos manuscritos. Naquele mesmo dia, duas pessoas, a sua pesarosa e afetada esposa e o chefe do departamento de literatura da universidade, leram o poema ao que Robert Louis Chaville tinha dedicado todo o seu esforço. Ao terminar de lê-lo, ambos caíram fulminados, com os olhos abertos, para não se levantar mais, e partilharam o destino do professor Chaville.[3]

Dado o seu perigo, proibiu-se que alguém mais pousasse os olhos sobre aquela página. Jamais saberemos se tratava-se de um poema longo ou de uns poucos mas inspirados e certeiros versos; ignoramos o seu conteúdo, ainda que talvez consigamos intuí-lo. Agora, o poema perfeito, o poema absoluto, aquele que queima quem o lê, descansa, custodiado entre fortes medidas de segurança, no mais recôndito da biblioteca da Faculdade de Letras da Universidade de Dresde. Há uns anos pude visitar a instituição e afagar a pasta que o contém, na que uma visível sentença avisa aos navegantes:

Cuidado! Estes versos não podem ser lidos; somente sonhados.

NOTAS

[1] Desconhece-se o local exato do nascimento do professor Chaville; então tomei essa licença poética.

[2] O mito em volta da origem do anseio do professor Chaville é belo e poético, mas não está comprovada a sua veracidade. Foi escutado somente da boca de seus achegados, pelo que é possível que a lenda tenha mais peso do que a realidade.

[3] Teriam que ter acontecido uma série de casualidades, que não consideramos muito prováveis, para que tanto a sua mulher como o professor, que leram o poema, não tivessem morrido como consequência da sua leitura, mas cada um dos dois pelo seu ataque cardíaco acontecido simultaneamente. Aventuramo-nos a pensar, portanto, que o próprio criador, depois de escrever finalmente o seu poema, leu-o e caiu imediatamente, fulminado.

BIBLIOGRAFIA

Exit of the laberynth. Sobre a poesia de Gunner Bradford, Robert Louis Chaville, Editorial Universitária de Dresde, 1985.

OLIVEIRO DA FUOCO,
MARINHEIRO

Entre a nívea espuma,
na selvagem alegria do naufrágio
pude ver-te, oceano imenso,
pude ver o teu coração azul, mar inexpugnável.
Foi um momento perfeito,
um instante que foge,
um relâmpago escuro no que se mergulha
tudo o que fui, tudo o que sou.

Achei adequado começar o retrato, sombrio e intenso, de Oliveiro Da Fuoco, com esta metafórica composição, incluída em sua magistral antologia *A margem profunda*, por tratar um tema recorrente na sua obra: o naufrágio e a tempestade, já fosse exterior e marítima, como fundamentalmente a mais poderosa, aquela que se produz na intimidade.

A prolífica obra de Oliveiro — publicou mais de vinte livros no decorrer da sua vida — transita entre uma original ficção narrativa e a mais pura poesia existencial. Em sua escrita abandona qualquer sentimentalismo, e também as formas e a métrica da sua época, para indagar numa abertura vital e estética e numa temática escura e sombria onde sobressai, com naturalidade e liberdade, a busca dos grandes horizontes humanos. A figura do mar, do bravio pélago, despe-se de anteriores concessões marinheiras e conforma uma cosmovisão completamente inovadora e original. Enriko Sousa, professor de literatura comparada da Universidade de Brasília, no livro que dedica a Oliveiro, e que leva por título *O homem sem mar*, oferece-nos uma formosa e certeira definição do que para o autor brasileiro significava o mar:

> Para Da Fuoco, a quem a professora Gloria Feynour chamava de "o escritor furioso, o náufrago íntimo", o mar adquire uma dimensão completamente nova e única na literatura marinheira. O escritor nos conduz por um oceano cósmico, um mar abstrato e eterno, relata-nos as singularidades de um mar bravio, de um abismo/sustância que rodeia todo ser humano. Torna-se, em algumas das passagens mais intensas de seus romances e nos versos mais profundos, um conceito metafísico e a todas luzes terrível. O ameno mar que banha ribeiras e que embala as barcas nos portos rumorosos transforma-se, pelo encantamento da palavra, no inevitável nada que nos rodeia.

Da Fuoco nasceu no Rio Grande do Sul, em uma família de pescadores, poucos anos antes de que o século XIX atingisse o seu final, e ao ofício do mar dedicou a sua primeira juventude.[1] Embarcou em diversos navios, ora mercantes ora pesqueiros, e percorreu os sete mares, as infinitas margens do mundo. Exerceu todos os ofícios possíveis relacionados ao mar. Foi pescador e fatigou as costas e os vastos oceanos na busca do apresamento adequado; também olhou para o horizonte marítimo, amando-o como todo o inalcançável. Vale a pena recuperar um fragmento de uma das escassas entrevistas que concedeu, pelo seu peculiar temperamento, em que o onírico e o real se fundem num abraço mágico. A entrevista foi realizada pelo também escritor Manoel Tarrio,[2] durante uma série de encontros que tiveram alguns meses antes do desaparecimento do nosso protagonista. Estas conversas estão recolhidas no imprescindível volume *Homem à água*, cuja leitura recomendo fervorosamente:

– Como você sabe, Oliveiro, eu nunca naveguei. A conceição que do mar, suas extensões e aventuras que gravitam em minha obra, é puramente romântica, um símbolo idealizado, mas em você, no seu fazer literário, onde se vislumbra que você pertence mais ao mar que à terra, não acontece o mesmo. O que é para você o oceano?

– O mar, para mim, é muita coisa, muita coisa. A cada gota que contém o mar poderia dar-lhe um sentido, um significado pessoal; para cada horizonte que não pude jamais atingir poderia inventar uma tristeza, uma canção plena de melancolia. Para mim, desde criança, o mar foi a mais intensa solidão, foi todo o sonhado e o que me sonha, foi o desconhecido e sem limites. Agora, todas essas sensações se conjugam numa concepção do imenso, do inevitável, do maior dos espelhos.

– Me desculpe, Oliveiro, não consigo entender, um espelho?

– Pois é, Manoel, ainda que jamais vou voltar a vê-lo, e sei que nunca mais me chegarei às bordas de nenhum lugar do meu amado oceano. De tanto mirá-lo, de tanto senti-lo, cheguei a entendê-lo, e ele a mim, como se estivéssemos diante de um espelho: o oceano de um lado; eu, do outro. O oceano está tão dentro de mim, é tão parte de mim, que mesmo que eu não olhe para ele, é ele que olha para mim. Não importa onde quer que eu vá, não importa o lugar em que eu me ache, tampouco onde esteja, o oceano sempre está em mim, bradando, seduzindo-me, sonhando o meu naufrágio.

Assegura Cláudio Botill no seu esclarecedor ensaio *Escritores e náufragos*, em que se embarca num amplo estudo sobre os escritores que sulcaram o mar, que a obra de Oliveiro reúne tanta fantasia como realidade, e nesta dicotomia se assenta uma das criações mais pessoais e autênticas da vasta literatura marinheira.

Indubitavelmente, a paixão pelas travessias e as aventuras que a vida navegante oferece, uiva poderosa em romances como *A luz das profundidades* ou *O olho da tempestade*, ficções que transitam entre diversos gêneros, sendo a especulação existencial a que governa o rumo mais profundo do enredo. A sua poesia e a sua narrativa, originais e inigualáveis, e a sua vida, estranha e misteriosa, convertem Oliveiro Da Fuoco num dos nossos mais insignes heterodoxos.

Conheceu, como asseguram os seus camaradas de singradura, melhor que ninguém os segredos dos oceanos, mas inexplicavelmente, antes de cumprir 40 anos, sem anunciá-lo, vendeu o seu barco, abandonou o seu ofício e afastou-se do mar, internando-se no continente americano, fugindo da sua própria identidade, para jamais contemplar de novo um horizonte marítimo no que lhe restava de vida, e uma vez lá começou de maneira delirante e praticamente sem pausa, a escrever.[3] Ninguém sabe o que aconteceu, mas especialistas em sua obra, como os já mencionados Bottil ou Enriko Sousa, afirmam que o naufrágio, pavoroso e terrível, foi interior, uma tempestade íntima que arrasou tudo o que o senhor Oliveiro era e tinha pensado ser. Não sabemos o que aconteceu realmente para que aquele simples marinheiro se convertesse num romancista de singular qualidade, e consideramos que a autêntica razão pela qual chegou a escrever dessa distinta maneira e o motivo do seu afastamento do oceano e da vida marinheira sempre serão um mistério para nós.

Oliveiro era um homem volumoso, aficionado à comida e à bebida imoderada de vinho. Gostava de falar e cantar, mas um ar de melancolia governava sempre o rito do seu bojudo rosto. Tinha os olhos negros, da cor da noite, um sorriso franco, e o cabelo aos caracóis como se um punhado de ondas navegassem pelo couro cabeludo. Morreu em uma noite de lua cheia, aos 69 anos. Tinha preparado um banho e lá, no seu pequeno vaso de latão, imerso no mais poderoso naufrágio, enfiou-se na água para deixar-se, por fim, arrastar pela maré.

NOTAS

[1] Oliveiro teve, desde antes de começar a falar, relação com o oceano, mas não foi até aos 12 anos, quando embarcou pela primeira vez num barco pesqueiro de altura. Passava seis meses em alto mar e outros seis em terra, mas sempre assegurava, para quem gostasse de ouvir, que quando se sentia mais sozinho era quando estava em terra.

[2] Tarrio morreu meses depois da publicação do extraordinário livro *Homem à água*, por causa de um ataque cardíaco na piscina da sua casa de campo.

[3] Existem numerosas hipóteses sobre o início da carreira literária de Oliveiro. Não acho que se devam procurar maiores explicações. Simplesmente deixou de navegar, e com o alento daquelas travessias de juventude dispôs-se a escrever algumas das mais memoráveis páginas da literatura marinheira.

BIBLIOGRAFIA

A margem profunda, Oliveiro Da Fuoco, Editorial Mar Adentro, 1965.
A luz das profundidades, Oliveiro Da Fuoco, A Deriva Edições, 1968.
O olho da tempestade, Oliveiro Da Fuoco, A Deriva Edições, 1969.
Homem à água, Manoel Tarrio, Editorial Mar Adentro, 1972.
O homem sem mar, Enriko Sousa, Edições Clássicas, 1975.

GUILLAUME DE FROCSITE, JARDINEIRO

A raiz acaricia, estalejando de ternura, a umidade da terra: e treme então o coração do mundo quando a árvore vai mergulhando os seus sonhos, os mais íntimos, no limo profundo, escuro e suave, transfundindo a substância, vai entrando, penetrando os segredos da lama. Ergue-se depois, com a força imparável dos sonhos, eleva-se como quem quer tocar o impossível, e o que era uno dissocia-se, e imagina trilhos, sonha caminhos, dispara os seus ramos, e logo, como uma bomba, como uma explosão de vida, abrolha de cada canto, desse misterioso e perfeito ente que é a árvore, a seiva mais pura, o lento e mais formoso elogio à vida.

A *árvore* é o título, simples e direto, mas, sem dúvida acertado, do único e póstumo livro que do naturalista e eremita Guillaume de Frocsite conhecemos. O extraordinário volume ao qual acabamos de aludir, que ressuma lucidez e humanidade, é uma peça-chave da literatura do século XIX, e constitui um dos tratados botânicos mais originais, completos e impecáveis que tenha chegado a nós.[1] Uma série de casualidades trouxe à luz este deslumbrante vade-

-mécum: em primeiro lugar, a sua descoberta deve-se a uma das sobrinhas do autor, filóloga de formação, que achou as milhares de páginas manuscritas na velha casa em que o pequeno Guillaume residiu toda a sua vida, após o falecimento do eremita. Em segundo lugar, que este livro seja hoje acessível ao público leitor devemos a Thomas Frost, editor e naturalista, que se apaixonou perdidamente pelo texto, e se empenhou em publicá-lo, e autor por seu lado do minucioso e revelador prólogo da obra, do qual extraímos as seguintes palavras:

> Frocsite escreve em saudade, sem buscar outro sentido à sua tarefa do que a íntima compreensão, traçando sem saber uma das mais deslumbrantes criações da história da humanidade. Dedicou o seu tempo a observar o crescimento, a evolução e ocaso da tília que vivia no jardim dos fundos de sua casa, entre emoções e reflexões, e nessa conjunção se acha a beleza estética que mais me tem impressionado. No labor intelectual que durante mais de quarenta anos se empregou Guillaume, harmonizam-se à perfeição o rigoroso estudo botânico e a singular descrição do crescimento da árvore com a reflexão metafísica e a angústia existencial. É um livro de uma singular beleza. Uma joia do século XX!

Guillaume, misantropo e homossexual, passou a maior parte da sua existência enclausurado na pequena casa que tinha herdado de uma das suas tias na cidade de Blainville, Quebec, dedicado por inteiro ao cuidado do seu pequeno jardim e à escrita, com uma letra minúscula e aprimorada, de milhares de páginas sobre a vida da árvore, e inevitavelmente também da sua. O isolamento e a solidão são percebidos em sua obra não como um fardo, mas como um troféu. Guillaume de Frocsite tinha uma personalidade introvertida e frágil, de gostos suaves e delicados. Fisicamente, embora isso seja o mais irrelevante, era um homem alto e magro, com os membros tão franzinos que pareciam a ponto de se quebrar com cada movimento.

A singularidade do texto de Frocsite consolida que não foi escrito para ser publicado, pois simplesmente se esboçou como uma cosmografia íntima, como um mapa pessoal das opiniões e ideias que o eremita tinha de si próprio e do seu redor. O jardineiro jamais pensou na divulgação do seu tratado. A singeleza do posicionamento que Frocsite modelou no decorrer de mais de quatro décadas, em que se destila o seu amor pela natureza e, acima de tudo, pela pequena árvore que foi crescendo no centro do pequeno jardim de Guillaume, encerra trechos de enorme fulgor. Em alguns dos fabulosos excertos que abundam no volume, as reflexões sobre a árvore se transmutam, em umas poucas palavras, em especulações metafísicas sobre a condição humana e o sentido da vida. Abundam nas suas páginas croquis botânicos, desvaídos esboços herbários, esboços de poemas, apontamentos de pensamentos inconclusivos. Todas essas irradiações da escrita do eremita descansam nas margens do livro original, manuscrito que tive a sorte de poder examinar sossegadamente. A serenidade e o mimo que o tratado destila, a lentidão com que Guillaume de Frocsite traçou a sua obra é similar ao modo com o qual a tília e as demais árvores do seu jardim chegavam os seus ramos ao céu. Na sua leitura, adivinha-se o latejo do mundo, a compreensão da existência e da condição humana, através dos ciclos da natureza.

Escrito com um estilo direto e conciso, nas suas páginas aparecem profundamente entremeadas a vida de uma árvore e a de um homem, mas há detalhes formosos, frágeis, que titilam nelas, e posteriormente na mente do leitor como se fosse uma folha vencida pelo peso do orvalho. Tanto é assim, que poucos meses depois da morte de Guillaume, o jardineiro, a tília secou, sem outra razão aparente senão a perda do seu amor. O seu vizinho assegurava que, todos os entardeceres, Guillaume de Frocsite se sentava aos pés da tília e começava a falar, com uma voz diferente, suave e sussurrante, como se conhecesse o idioma das árvores e não quisesse que ninguém o aprendesse. Depois, de vez em quando, ficava em silêncio, sorria, e voltava a cabeça como se escutasse e não chegasse a entender. Como se pode extrair desta passagem, a peculiaridade da personagem, a metáfora vital que Guillaume desenhou para a sua vida, acompanha o seu livro, a sua obra, como a folha o ramo, como a árvore o bosque. Livro e homem[2] são heterodoxos no mais amplo sentido da palavra, estão longe, muito longe das correntes artísticas e literárias, das ideias morais e dos pensamentos corporativos e de mercado, situando-se nesta antologia de heterodoxos e iconoclastas num lugar de destaque.

A árvore, de Guillaume de Frocsite, é, no nosso entender, um livro singular e poderoso, um texto delicado e de requinte que nos obsequia uma visão da natureza e do homem única e universal. A dimensão visionária[3] que destila cada uma das suas páginas o converte em um volume único, um tesouro das letras ocidentais. Estas formosas palavras que extraímos de um dos últimos parágrafos do tratado de Frocsite assim o testemunham:

Sonhei que o mundo se acabava e eu cruzava descalço o jardim e me encostava sobre o teu tronco. Apagava-se toda a luz do mundo e unicamente em ti achava refúgio. A tua côdea era áspera e doce ao mesmo tempo, e as tuas folhas e ramos balançavam serenamente com o vento, como tantas outras vezes tinham feito. O mundo se acabava e só tu podias me salvar. Abraçava-te, e o teu silêncio era tão formoso que doía, tão perfeito que rompia as fronteiras, que reinventava os limites, e tu sendo eu, e eu sendo tu, minha querida árvore, acordei... (...)

NOTAS

[1] O livro de Frocsite chegou à minha biblioteca pessoal por caprichos do destino. Aconteceu em uma visita ao Jardim Botânico da cidade de Lisboa – sempre fui mais de bosques e florestas do que de domesticados jardins –, mas os meus passos me levaram até lá por razões desconhecidas. Na loja do recinto só vendiam um livro, unicamente tinham um exemplar: o seu título, *A árvore*. Entendi assim que adquiri o volume.

[2] É complicado não pensar em Guillaume de Frocsite como um heterodoxo, pois, como expliquei, jamais teve intenção de publicar. Gosto de pensar que escrevia para si próprio; sem mais afã do que compreender um bocado sobre o viver.

[3] O volume de Frocsite tem tantas arestas que seria, sem contar com a assombrosa existência do seu criador, um texto dificilmente qualificável. Se tivesse, por alguma razão de peso, que decidir a inclusão de *A árvore* em algum dos grandes gêneros literários, tenderia pelo pensamento. Sem dúvida, um pensamento tão original quanto indispensável.

BIBLIOGRAFIA

A árvore, Guillaume de Frocsite, Editorial Frost, 1965.

OTTO DUNKEL,
NAZI

Amo aquilo que não posso compreender,
aquilo que não me atinge no espelho,
amo os meus olhos tão azuis,
fervilhando tão longe, tão alheios,
e o meu olhar ébrio de vazio
ardendo frio na noite,
como bramido após o silêncio.
Amo o que não me compreende,
porque a única forma de amar o que tem o homem
é sem entender aquilo que ama,
sem compreender o seu amor.

Na obra de Otto Dunkel se percebe uma tendência para o hermetismo, uma trilha escura e abrupta em direção a um solipsismo feroz, selvagem e anti-humano, mas também se pode intuir, após a leitura dos seus versos ou das suas páginas em prosa, uma doçura, uma piedade imensa, um amor que rebentava de cada uma das palavras pelo conjunto do gênero humano. Gostávamos de esclarecer que estas últimas palavras se referem à obra, sem lugar a dúvidas interessante, de Otto Dunkel, não aos seus atos inumanos, cheios de injustificado ódio e terrível violência.[1]

Otto Dunkel nasceu em uma família operária num dos subúrbios da cidade de Hamburgo no começo do século XX. A sua formação, autodidata e de tendências artísticas, durante os primeiros anos de vida do poeta, foi completada na Universidade de Dresde, onde estudou literatura e se especializou no movimento literário, nomeadamente germano, conhecido como *Sturm und Drang*, algo parecido com "Tormenta e ímpeto", em português, tendência que advogava por conceder ao artista a máxima liberdade de expressão, valorizando a subjetividade individual na luta com as limitações impostas pelo racionalismo. Goethe foi um dos exemplares representantes desta corrente. Podem-se apreciar na obra posterior de Otto Dunkel vestígios deste movimento artístico, que sem dúvida influenciou a sua maneira de perceber a literatura e o seu modo de escrever.

Uma feroz inteligência e uma ambição desmedida o transformaram, aos turvos olhos do nacional-socialismo, numa atrativa peça do seu azedo quebra-cabeça. Otto, o escuro, alcunhado assim pelo significado do seu sobrenome, presenteou o *Führer* com um par de elegias de épica wagneriana. Este músico foi, junto com a ópera *Sigfrido*, terceira obra, e a nosso juízo a mais importante, das que compõem o ciclo de *O Anel dos Nibelungos*, uma das obsessões de Otto Dunkel.

As suas primeiras composições foram do gosto das altas esferas nazis, e isso lhe permitiu galgar na hierarquia do poder. Apesar de uma certa fama entre a melodia, o valor literário da sua produção não se assenta nestas obras, mas fundamentalmente na sua poesia, alheia a qualquer ideologia, num majestoso livro de narrações curtas intitulado *O sangue do corço*, e, fundamentalmente, na sua autobiografia, *Para o eleito da noite*, uma lúcida, cruel e descarnada reflexão do movimento nazi, da guerra e da sua implicação pessoal e humana em todos aqueles acontecimentos.

A historiadora judia Harriet Luvstein, no esclarecedor trabalho que dedicou ao nosso protagonista, que leva por título *O monstro que amava as flores*, descreve-o assim:

> Dunkel era terno e despiedoso, um gênio das palavras e um atroz criminal. Nos seus olhos, da cor do céu, palpitava um ar de infinita tristeza. A desvalida melancolia do tenente, a sua delicada maneira de afagar os livros, contrapunha-se à bestialidade e à falta de humanidade dos seus atos e da sua ideologia. Contudo, em Dunkel achamos elementos que elevam as suas obras ao Olimpo do século XX alemão: a sua selvagem originalidade, os seus conhecimentos da épica germana e uma requintada delicadeza, com a que talvez procurava fugir do seu próprio inferno, são os fios que Dunkel maneja para edificar a sua inolvidável e feroz criação.

A obra narrativa de Dunkel se sustenta em uma estranha e complexa mística que, com inesperadas mudanças de personagens e saltos de espaço e de tempo, e alinhavada com uma exuberante riqueza expressiva, consegue uns textos de inigualável beleza e intenso significado.[2] Relatos como *O que não sabe*, ou o extraordinário *As mãos limpas*, brilham com luz própria, e nos deixaram algumas das páginas mais memoráveis do século XX, nomeadamente pela feroz humanidade que destilam as personagens.

A sua antologia *O negro sangue do herói*, de tom heroico, escrito após a sangrenta Batalha de Kursk, contém trechos tão poderosos e emotivos que sua leitura provoca vertigem. Continuamos com um breve poema, que esvaece o seu sentido à medida que a leitura progride, buscando na subjetividade uma trilha para a verdade poética, para a luz pessoal.

O ARCO E A FLECHA

A arma lateja-me nas mãos,
e depois de tanta dor,
tanta confusão, tanta solidão
na fronteira do eu e o meu,
só o brutal espelho.
Tudo acaba,
Cheguei no fim da terra, no fim do tempo,
agora sou o vento, as ondas,
a branca espuma dos meus dias;
Oh não! Sou o inabarcável oceano
o vazio, a única resposta.
Sonhei-te, meu final, fiz
meu o nada que em ti começa,
sonhei-te, meu amor,
ou talvez, e isso me fascina e apavora,
és tu quem me sonha.

Depois da queda da Alemanha e do seu infame regime, Otto Dunkel consegue fugir para América do Sul,[3] graças à ajuda de um professor universitário de origem francesa, Jacques Dufort, que admirava a obra do nazi, e considerava num juízo, um tanto incompreensível, que o contributo literário de Dunkel à humanidade era maior que a atrocidade e a selvajaria dos seus crimes e ideologia. Perdem-se as suas pegadas durante mais de dez anos, e se desconhece se escreveu alguma obra mais, para desgraça do seu admirador e cúmplice, o professor Dufort, do que as diversas cartas enviadas a vários jornais nova-iorquinos, em tom de desculpa, latejando um forte ódio e um sórdido ressentimento pela derrota do regime nazista.

Em maio de 1954, um grupo de caçadores de nazistas o apanham nas margens de um pequeno rio num ponto indeterminado, e que como dado não resulta relevante, do Pampa argentina. O crepúsculo de um dia outonal foi testemunha do seu enforcamento no alto de uma árvore negra e seca. Num papel amarrotado que guardava no bolso interno do seu casaco, Otto Dunkel levava manuscritas as seguintes frases:

> Havia uma luz no lugar onde a sombra inventava a sua forma. Era um brilho doloroso que iluminava a minha noite; dessa claridade, desse amargo fulgor, abrolharam todas as minhas obras. Agora que tudo se acaba e as palavras me abandonaram, estou sozinho, completamente sozinho nesta profunda escuridão.

NOTAS

[1] Otto Dunkel foi ascendido a capitão e destinado a um campo de extermínio no final da guerra.

[2] A obra narrativa de Dunkel se sustenta sobre três pilares fundamentais: uma concepção vanguardista das estruturas narrativas, uma série de personagens próximas, que apresentam personalidades muito dissemelhantes, e uns finais abruptos, e em muitas ocasiões surpreendentes.

[3] Existem numerosas hipóteses acerca de como Otto Dunkel conseguiu fugir do cerco dos Aliados. A mais provável, e que nós aceitamos como válida, é que Dunkel entrou disfarçado na França, e uma vez lá, com a ajuda de Jacques Dufort, zarpou num barco com destino à Argentina.

BIBLIOGRAFIA

O negro sangue do herói, Otto Dunkel, Deschamps edições, 1955.
O sangue do corço, Otto Dunkel, Deschamps edições, 1965.
O monstro que amava as flores, Harriet Luvstein, Del fuego edições, 1968.
Para o eleito da noite, Otto Dunkel, Cântico edições, 1982.

CURTIS FLOYD,
PUGILISTA

O fumo dos cigarros treme sobre os espectadores, algum grito perdido afaga o nervosismo dos jogadores. Os olhos fixos, as caretas congeladas, e acima, no tapete, dois homens se examinam como animais. Dispõem-se a dançar uma lúgubre e estranha dança. Ambos sabem que caminham na margem de um abismo instável, conhecem a vertigem da violência, o abismo solitário no qual o homem habita, e então, sem prévio aviso, tange o gongo com o que dá começo o combate, e o brilho dos seus olhos destila a mais selvagem humanidade quando finalmente se atiram um contra o outro.

Desta descarnada e magistral maneira começa *Os punhos nus*, um poderoso relato breve de Curtis Floyd, integrado no seu imprescindível volume *A queda e o combate*, que contém algumas das páginas mais relevantes já escritas sobre o boxe. Apesar de ser um subgênero transitado por muitos outros escritores, o que faz Curtis Floyd digno da denominação de mestre, de narrador único e privilegiado, é que conheceu o esporte de dentro, e por isso pode nos revelar os segredos dessa profissão em primeira mão. Nasceu em Solana Beach, em algum momento indeterminado no começo do século passado, num povoado costeiro do sul da Califórnia. Aprendeu a combater sendo quase uma criança, pois o seu progenitor era um apaixonado por este esporte, e iniciou a sua carreira pugilística em circuitos amadores do norte de México. Floyd foi senhor de um percurso irregular, repleto de baques, declives e fracassos, que o teriam levado irremediavelmente ao esquecimento, mas algo aconteceu, um fato indocumentado e estranho, que fez com que, quando tinha mais de 30 anos, experimentasse um súbito e triunfal ressurgimento, que o levou a disputar o título nacional, numa sessão em Las Vegas, em 1938.[1]

Esta surpreendente ressurreição não só afetou a sua faceta de pugilista, mas se expandiu ainda ao âmbito literário. Sempre fora um lutador atípico, pois desde muito jovem amou os livros, e era normal vê-lo, antes de cada combate, registrar, concentrado, numa pequena caderneta, poemas e pensamentos. Antes do que ele considerava o "pacto", tinha chegado a publicar uma antologia intitulada *Sinfonia em silêncio*, ainda que carecesse de qualidade e fosse irrelevante, e desde logo, para a crítica e para o nosso propósito, completamente esquecível. Mas a sua obra sofre uma metamorfose a partir da terceira década de sua vida, momento em que a sua escrita cobra brio, singularidade e intencionalidade.

Publica durante esses anos dois extraordinários livros de relatos: o já mencionado *A queda e o combate*, e o magistral *O pacto escuro*, com os que obteve uma merecida fama. Contêm, no nosso parecer, alguns dos melhores relatos do século XX, graças ao cruento realismo que maneja e aos originais e profundos enredos que cobram vida nas suas páginas. A introspeção no universo da solidão como parte da condição humana, nos meandros da infância perdida e a memória familiar são as veredas íntimas pelas quais transitam os seus relatos, apesar de se camuflar sob um fundo detetivesco ou de gênero negro. Podemos observar nas suas palavras um acentuado rigor estético, um beligerante tom materialista e uma profundidade poética dificilmente atingível.

Quando era interrogado acerca da surpreendente mudança que se tinha operado em sua carreira, Curtis Floyd assegurava, sempre com seriedade e um estranho esgar de terror no rosto, que tinha feito um pacto com o demônio.[2] Declarava ter trocado a sua alma imortal pela efêmera glória terrenal. Toda aquela história suscitou uma grande controvérsia em volta da figura do boxeador e escritor, e as suas palavras eram tomadas como uma volta de parafuso à sua peculiar obra. Como refutando essa insustentável narrativa, publicou na revista literária *Tempos revoltos* um relato sobre um boxeador que pactua com Lúcifer. Reproduzimos, na continuação, um breve fragmento deste relato que Floyd considerava o seu mais autobiográfico trabalho:

Tinha tombado na lona. Tinha perdido por nocaute. O combate deixara-me com duas costelas quebradas e o rosto inflamado como uma broa de pão púrpura. O sangue salpicava o meu peito e antebraços. Ajudaram-me a tirar as luvas e mais nada. Eu não tinha dinheiro para contratar um assistente. A minha carreira esportiva escorregava para um abismo escuro e frio. Quando cheguei ao vestiário, um homem vestido com um terno escuro, de pele citrina, aguardava por mim. Um sorriso maquiavélico ardia, estranho, no seu rosto. Falava muito devagar, e embalava a noite nas suas palavras. A sua voz parecia estar quebrada, como um violino de uma única corda, e com ela e o seu maldito sorriso ofereceu-me a oportunidade de ter sucesso, de ser um pugilista famoso, de ganhar; em troca, eu tinha que lhe dar a minha alma.

A proposta me divertiu. Dei uma gargalhada que me fez doer o corpo todo. Nunca acreditei ter uma alma, e disse para ele, com um meio sorriso, e com vontade de tirá-lo do meio, que aceitava o acordo. Estendi a mão para ele. Quando me mostrou a sua e se encontraram, algo muito dentro de mim, onde ninguém vê, rangeu como um passarinho sem vida. No dia seguinte, o meu boxe era muito melhor, tanto que eu sabia que poderia chegar onde quisesse, que poderia atingir qualquer título. O mau, e desconheço o porquê, é que a partir daquele momento não voltei a querer chegar a lugar nenhum.

De qualquer modo, com pacto luciferino ou sem ele, o boxeador escreveu, na nossa opinião, algumas das melhores histórias, e não apenas de boxe, mas da narrativa de ficção do século XX norte-americano. Manoel Kuskoseint no seu livro dedicado ao boxeador, *Punhos de ouro*, escreveu sobre os relatos curtos de Floyd:

O senhor Floyd e os seus relatos antecipam as vanguardas, graças a personagens tão rotas e complexas quanto valentes, e especialmente a umas intrigas tão nuas de artifícios quanto profundamente humanas, tão simples como descarnadas, que tornam a sua leitura um tremor literário inigualável, um prazer intimamente selvagem. Curtis Floyd narra, com delicadeza sangrenta, o declínio do ser humano aos seus infernos, a queda, um pouco mais funda a cada dia, do homem.

A carreira literária de Curtis Floyd se vê interrompida na raiz do seu misterioso desaparecimento, depois de perder o combate pelo título nacional de pesos médios, em uma noite de sábado de 1938. Jamais se voltou a saber dele novamente. Nenhuma notícia, nenhuma mensagem de conhecidos ou estranhos. O final do autor poderia ter sido como o do seu protagonista, no relato já mencionado:

O que não me disse o maldito Lúcifer é que me daria a capacidade, mas não a vontade. Perdi o combate por nocaute no terceiro round. Quando me retiravam numa maca do ringue, pelo canto do olho pude ver a amarga personagem a sorrir enquanto fumava. O medo tomou conta de mim, e a mais intensa alienação dominou o meu ser. Naquela mesma noite desisti de tudo o que era, de tudo o que tinha sido. Abandonei a minha vida, e corri, corri o mais longe que sabia, o mais rápido que pude, para escapulir-me daquele a quem tinha vendido a alma, para fugir do que não tem nome, corri, e, agora o sei, fundamentalmente para fugir de mim mesmo.

NOTAS

[1] O boxeador escritor perdeu o combate por K.O. no quarto round. Depois da luta, ninguém soube mais dele. Ignora-se o que fez desde então. Isso acrescentou, sem dúvida, o interesse por ele, convertendo os seus dois títulos literários, e a sua história, numa lenda.

[2] Tive oportunidade de revisar uma ampla entrevista que o boxeador deu no verão de 1937 para a Rádio Nacional, na qual lhe entrecorta voz em frágeis tonalidades quando interrogado pela sua clara melhoria no âmbito esportivo. É inevitável sentir um arrepio no momento em que narra o que ele denominava o pacto escuro.

BIBLIOGRAFIA

Sinfonia em silêncio, Curtis Floyd, Irrelevante edições, 1953.

O pacto escuro, Curtis Floyd, O quadrilátero edições, 1958.

A queda e o combate, Curtis Floyd, O quadrilátero edições, 1962.

Punhos de ouro, Manoel Kuskoseint, O quadrilátero edições, 1968.

KATHERINE LE GRASS,
BRUXA

Em uma terça-feira de inverno, já há muitos anos, não me lembro quantos, pois bem sabemos que os anos e os dias não se podem contar como maçãs ou moedas, visto cada dia, cada instante, ser diferente do anterior, enquanto passeava por uma cidade costeira à que tinha sido convidado para dar uma palestra, encontrei um livro abandonado em cima de um banco num parque central.[1]

Estava muito velho, sublinhado, e com anotações manuscritas e estranhos apontamentos nas margens. O seu título, *O fogo do instante*, e a foto que da sua autora aparecia na orelha, uma mulher de cabelo preto como o carvão e a cara praticamente oculta entre as mãos, chamaram a minha atenção e fizeram que, sem saber muito bem como, acabasse no bolso do meu casaco. De volta ao hotel, naquela mesma noite, as suas páginas incendiaram a minha mente com imagens escuras e histórias afastadas da ortodoxia literária. A mágica narração que governava aquele romance – poderíamos enquadrá-la neste gênero – parecia mais um sombrio sortilégio do que uma ficção. Era impossível não atribuir àquela fábula uma intencionalidade arcana e impenetrável, não adequada para os não iniciados. A inicial curiosidade por *O fogo do instante*, por aquela poderosa e estranha história, e tão logo pela sua autora, tornou-se obsessão, e durante semanas dediquei praticamente a totalidade dos meus esforços a descobrir os segredos escondidos por trás daquele livro.

Katherine Le Grass, filha de um terratenente sul-africano originário da Holanda, nascera no primeiro dia do século XX,[2] com os seus brilhantes e azuis olhos abertos, na mansão da família perto de Johanesburgo. A sua mãe morreu durante o parto, sendo criada por uma mulher a quem ela chamava de Mamãe Vento. Foi iniciada na mais ancestral e escura magia por meio da sua ama, e na literatura frequentando as mais prestigiosas escolas e universidades do mundo, onde deixou, à sua passagem, como asseguram vários dos seus colegas e professores, uma lembrança amarga, mas poderosa, e a sensação de que possuía uma perversa inteligência. Asseguram, os poucos que se atrevem a falar sobre ela, que a sua beleza deslumbrava e que era impossível não se abismar em seus olhos celestes, de inconcebível profundidade. Quando contava 25 anos publicou em várias revistas e jornais locais alguns poemas ligeiros, não tão influenciados pelo ocultismo como a maioria dos seus escritos posteriores, mas já com traços pessimistas. Os seguintes versos, publicados na revista *O verbo sonhado*, nº 86, prefiguram o rumo posterior pelo que iria correr a sua literatura.

A FUGA

Canta o lobo trilhas
que bifurcam os teus passos;
precipitando o teu destino
essa distância imposta

à garganta do abismo.
Queres aprender a uivar
Mas é apenas o silêncio
o que rompe dos teus olhos.
Uma gutural rouquidão se derrama
Nas tuas palavras, e a certeza
morde-te, desgarra-te,
abandonando na paisagem vazia
e no meu olhar anil
o espelho onde perder todos os sonhos.

No período entre guerras, viajou durante alguns anos pela insípida Europa. Foram muitos os acontecimentos e curiosidades que daquela época se podem achar em artigos especializados, livros, e também na imprensa. Em 1935, dois fatos iriam marcar a existência de Katherine: o seu casamento com o conde alemão Víctor von Strauss, e a morte do aristocrata, três meses depois, em circunstâncias estranhas, que nunca foi possível esclarecer apesar da minuciosa investigação conduzida pela polícia austríaca.[3]

A sul-africana herdou uma fastuosa fortuna que dissipou em pouco tempo em invulgares atividades das quais não pude reunir muita informação. Os estranhos acontecimentos e escândalos em que se envolveu ao longo da sua vida, conjugados com uma obra cheia de referências sombrias e malditas, fizeram com que Filipo Cosetti, no seu livro *As artes escuras*, a tenha qualificado como a última bruxa. Cosseti, o místico, descreve Katherine Le Grass com sutileza e percepção poética, e atribuiu alguns poderes, que resultam obviamente, como mínimo, exagerados:

Era esbelta e movia-se vagarosamente, como um junco balançando na brisa do entardecer; tinha o cabelo preto carvão como um crepúsculo eterno que dançava leve por cima dos ombros, esboçando sobre o seu belo semblante um abismo. As suas feições eram finas, diferentes e estranhas, e brilhando poderosamente no meio delas destacavam os seus olhos, tão azuis como o céu ao amanhecer, tão inteligentes quanto feroz. Alguns homens asseguram que bastava olhar para ela, Katherine Le Grass para ser enfeitiçado completamente. Há uma longa lista de amantes da bruxa que perderam fortunas e saúde tentando conquistar o seu amor. Era cruel e mortífera; mas nunca se conseguiu provar qualquer uma das muitas mortes que aconteceram em volta dela, pois possuía o dom da ubiquidade, e os seus álibis eram impecáveis: podia estar a cometer um crime e ao mesmo tempo estar presente numa sessão em que se achava o chefe da polícia.

Conhecem-se dela dois romances, o encontrado por mim na mencionada manhã invernal, e *O ouro dos sonhos*, que pude ler na biblioteca de Lovaina, num dos poucos exemplares que ainda sobrevivem, e, na minha opinião, o mais completo e poderoso. O hipnótico e escuro sortilégio e o poder da palavra que na obra se desdobram impede que o leitor levante os olhos das suas páginas, conseguindo que os segredos e sutilezas que encerram o enredo ardam no imaginário do leitor como se estivessem escritos com fogo. Vale a pena se deter nas palavras do escritor e teólogo belga Jacob Mila:[4]

Depois de ler a obra de Katherine Le Grass, instalou-se um arrepio na minha mente, como se fosse um relâmpago. É *O ouro dos sonhos* uma narração tão significativamente malvada, apesar do seu incontestável valor literário, que a sua leitura deveria estar proibida. Resuma malignidade, ignomínia e sordidez; as suas páginas contêm o mais abjeto que tiveram atingido os meus olhos; é necessário acabar com essa perversão e, desde logo, com a feiticeira que o escreveu.

Apesar da crítica de Jakob Mila, *O ouro dos sonhos* encarna, na nossa opinião, uma das obras mais originais surgidas na África. O seu valor literário transcende a moral, os medos e os tabus sociais; é, sem dúvida, um romance tão original quanto poderoso, que com as suas extensões influenciou gerações posteriores e a forma de escrever de todo um continente. Legou também Katherine à posteridade um livro de poemas, *O latejo escuro*, que chegou às minhas mãos, fruto da casualidade, nas últimas semanas.

De estilo variegado e gótico, profundo e complexo, vislumbra-se nele a existência de segredos recônditos, de leituras paralelas. Creio que vale a pena se deter, pelo seu caráter profético e pelo seu inquietante significado, nestes versos com os que conclui o livro de poemas:

> *Eu não pertenço nem ao fogo, nem à noite,*
> *Não haverá nada que possa me deter,*
> *Nem o homem, nem Deus, nem a morte.*
> *Com as minhas palavras serei o sonho para além do teu sonho.*

Na noite de 16 de junho de 1976, durante os distúrbios raciais acontecidos em Soweto, um grupo de religiosos belgas seguidores de Jacob Mila, capturou a que se fazia chamar *Filha do vento* e arrasaram a mansão onde Katherine morava e onde oficiava os seus protervos cultos. A sua casa, junto com o que nela havia, foi incendiada, por ser considerada impura e perigosa. Lá, segundo a opinião de vários especialistas, arderam um par de obras da escritora;[5] irrecuperáveis textos que poderiam nos dar maior perspectiva sobre a sua vida, e sobre a sua cosmovisão, mas que se perderam para sempre como borboletas em chamas.

Antes que a bruxa pudesse enfeitiçar com os seus perigosos olhos azuis, o coração de algum dos monges, sem juízo nem impedimento moral, condenaram-na ao fogo. A fogueira onde Katherine ardeu iluminou o céu de Joanesburgo durante horas. Há quem sustente que não disse uma única palavra enquanto as chamas a devoravam. Apenas sorria, brindando à noite um enigmático e ignominioso gesto que resplandecia no seu belo rosto.

NOTAS

[1] Depois de um passeio matinal, sentei-me num banco, e foi somente alguns minutos mais tarde que percebi a presença do livro de Katherine Le Grass. Pode-se especular sobre a casualidade e sobre o sentido do meu achado. Não vou fazê-lo nestas páginas. Direi unicamente que ainda descansa na minha biblioteca, tal e como o encontrei, salvo pelas três ou quatro leituras que sobre o volume realizei.

[2] Katherine Le Grass nasceu no dia 1º de janeiro de 1900.

[3] A polícia austríaca acusou, num primeiro momento, Katherine Le Grass, pois várias trabalhadoras do hotel onde o casal estava hospedado asseguraram tê-la visto sair da suíte onde apareceu o corpo do conde, mas, uma vez investigada, o álibi dela era perfeito. Achava-se a mais de cem quilômetros do lugar dos fatos, numa festa que celebrava o embaixador espanhol, e podiam confirmar a sua presença na celebração mais de cinquenta circunstantes.

[4] Jacob Mila é considerado uma das eminências em teologia e filosofia da Bélgica.

[5] Loretta Huvier, uma das suas acólitas mais próximas, assegurou durante a investigação sobre a morte da bruxa que o mais terrível é que, no incêndio, se tinha perdido uma grande parte do trabalho intelectual de Katherine Le Grass.

BIBLIOGRAFIA

O fogo do instante, Katherine Le Grass (Sem editora ou data de publicação).

O ouro dos sonhos, Katherine Le Grass (Sem editora ou data de publicação).

As artes escuras, Filippo Cossetti, Da noite edições, 1956.

LEOPOLD JOHNNSON,
O EXATO

*Na matemática matéria do homem, nas suas distâncias ínti-
mas se descobre o que procuramos. Mas na matéria que não
podemos medir, na música que somos incapazes de escutar,
esconde-se de nós o que somos, a luz do mundo, os segredos
deste universo. Esse silêncio perfeito, absoluto, esse nada que
tudo contém é o que com as minhas palavras e a minha música procurei desde sempre.*

Se a palavra fosse uma espada, esta passagem teria
sido desembainhada do ensaio *O silêncio e o grito*, obra fundamental de Leopold Johnson, de onde se pode extrair a
filosofia criativa e pessoal do grande músico, poeta e matemático. Passou grande parte da sua vida entre Viena e Berlim, compondo óperas, em alguns casos de extraordinária
qualidade, a escrever poesia, sem dúvida, o seu melhor lado
criativo, e elaborando prodigiosas equações matemáticas.
Nasceu fruto de um parto prematuro durante uma tempestade no mar, em uma viagem de lazer que os seus pais
desfrutavam pelas águas perto de Antofagasta, no Chile.
Veio à luz em águas internacionais,[1] e como o proprietário armador do navio era sírio, adquiriu, segundo o costume marinheiro, a nacionalidade do barco. Esta série de

estranhos acasos formaram, possivelmente, o minucioso e sereno caráter de Leopold Johnnson, que não quis se ver envolvido novamente nos caprichos do destino. Johnnson, pois, cresceu e viveu sempre brandindo a exatidão, uma escrupulosa precisão, uma estrita geometria para sobreviver à existência.

O poeta matemático, ou como é denominado pela crítica Katherine Clerck, uma das grandes estudiosas da sua obra, o proprietário dos silêncios, pela sua característica forma criativa em que a reserva, a discrição e o mutismo, palpitam poderosos por grande parte das suas criações, ora seja nas fantásticas árias que ele compôs, ora nos seus mais aclamados poemas. Também era um escrupuloso amante da pontualidade,[2] e essa máxima governava cada uma das facetas da sua vida. O horário que regia a sua existência era milimétrico, e jamais fazia exceções.

A sua formação científica – licenciou-se na Universidade de Hamburgo em Matemática e em Lógica –, não o impediu de desenvolver uma promissora carreira literária. Publicou com desigual acolhida por parte da crítica, mas com escrupulosa pontualidade, a cada sete anos exatos os seus versos, incluídos nos volumes *A luz sem brilho*, *O sonho de um tempo inútil*, a amarga antologia *Todos os relâmpagos*, e o extraordinário texto considerado pela crítica como a sua obra mais bem-sucedida *O instante que nos espera*.

Para além dos volumes já mencionados, editara anteriormente um livro em que aparecem reunidos os seus poemas de juventude, *A hora e o sonho*, de tom romântico, mas no que já se percebe uma precisão e extremo cuidado em cada um dos versos. Era um trabalhador infatigável, que cultivava com idêntica energia os diferentes aspectos da sua criatividade e da sua mente. Garante Krsitoff Nielsen, um dos seus mais eminentes biógrafos e companheiro de armas na Universidade de Viena:

> Leopold era mais um cronômetro do que um homem. Media cada instante, cada gesto, e parcelava a sua vida, a sua criatividade, com milimétrica precisão. Não acreditava nas musas, nem na inspiração; unicamente no trabalho e na estruturação matemática e rigorosa da concepção criativa. Os seus hábitos diários eram invariáveis. Professor de matemática de manhã, compunha odes, árias e óperas às tardes, e escrevia poesia ao anoitecer. Nas suas fixações e querências emocionais, comportou-se sempre do mesmo modo. Queria domesticar a existência, a criatividade, e, por uns poucos instantes, quase conseguiu.

Os seus cinco livros de poemas são, sem dúvida, uma inefável mostra de poesia, uma lírica que se destaca, sem comparação, no século XX. A concisão dos seus versos, a esmerada composição, transitam pelos temas universais do homem: o amor, a saudade e a morte, mas examinados com uma distância que permite perceber brilhos únicos, autênticos fulgores poéticos. Apesar de terem sido concebidos como uma máquina matemática,[3] destilam humanidade e calidez, dando lugar a uma poesia efetiva, temível e vigorosa.

Em uma quarta-feira chuvosa de abril de 1956, quando se dispunha a acudir ao almoço que cada semana partilhava com a professora e poetisa Juliet Clarks, a inspiração bateu nele com uma intensidade inusitada. A ponto de sair, e já com o chapéu de coco na cabeça, uns versos dançaram da sua mente para os seus dedos, e apesar das suas estritas regras, sentou-se para plasmá-los no papel. Não chegou a terminá-los, e saiu, apressado, com vinte minutos de demora, ao seu encontro. A casualidade e o destino colocaram-lhe uma armadilha. Um bondinho amarelo o atropelou, por não esperar o semáforo que dava passagem aos pedestres.[4] O poema inacabado, somente seis versos, carecia do estilo preciso que tinha cultivado Johnsson no decorrer de toda a sua carreira, mas possuía uma expressividade mais intensa, um latejo mais vivo:

> *Enfeitiçado pela formosa vacuidade do teu deserto,*
> *pelas dimensões inexatas de uma realidade*
> *que, inapreensível, suspira os teus sonhos, constróis*
> *a memória errante de um tempo e um destino*
> *para descobrir este instante que palpita no teu interior*
> *sem silêncio e sem brilho.*

NOTAS

[1] A ideia da casualidade, de não poder controlar o destino, aterrava Leopold Johnsson. As circunstâncias do seu nascimento marcaram, sem dúvida, a sua posterior obsessão pela medida e pela exatidão.

[2] Leopold observava o tempo como um espelho no que medir-se. No decorrer da sua vida cumpriu escrupulosamente todos os horários que se marcava. Sempre, salvo na sua última manhã, na qual se atrasou, e como apontam alguns críticos, foi precisamente a angústia do atraso o que o levou a correr e a descuidar da sua atenção.

[3] Assegurava que tudo na vida dependia da geometria, que as palavras eram somente pontos que cumpre saber traçar até chegar a uma solução geométrica.

[4] O atropelamento, segundo aparece no atestado policial, foi brutal e aterrador. Leopold, ao caminhar com pressa e ensimesmado na poesia recém-gerada, não percebeu os sinais que o encaminhavam para a morte. Contam que o último gesto de Leopold foi uma olhada para o seu relógio.

BIBLIOGRAFIA

A hora e o sonho, Leopold Johnsson, Cansado do ontem edições, 1924.

A luz sem brilho, Leopold Johnsson, Gustav Kronerg edições, 1931.

O sonho de um tempo inútil, Leopold Johnsson, Editorial Cataclismos, 1938.

Todos os relâmpagos, Leopold Johnsson, Editorial Cataclismos, 1945.

O instante que nos espera, Leopold Johnsson, Editorial Cataclismos, 1952.

MARIA ELISA JÚCAR, GUERRILHEIRA

Gostaria, se me for permitido, relatar brevemente como chegou a mim, como conheci a poderosa obra da escritora a quem dedico umas páginas nesta antologia, e protagonista do retrato que aparece na sequência. No dia 2 de outubro, há seis anos, dia escuro, mas ameno, recebi no meu gabinete da faculdade uma breve missiva de Gunter Bradford, experiente hispanista e colega da minha especialidade filológica na Universidade de Brighton, acompanhada de dois livros, duas antologias poéticas para ser mais concreto, e uma fotografia.[1]

O professor escrevera uma única palavra na imensa página em branco, remarcada por vários pontos de exclamação: "Impressionante!!!" A foto, em envelhecido preto e branco, mostrava uma moça sorridente, muito jovem – não devia ultrapassar os 22 anos –, numa paisagem rural e com uma espingarda no ombro. A autora dos dois livros intitulados *O bosque afundado*, de tom mais intimista, e o publicado postumamente *Canção contra a alvorada*, insurreto e empático, repartido em vários cantos revolucionários, era Maria Elisa Júcar. Tomaremos, do primeiro deles, um breve fragmento dos versos iniciais, no que a busca do amado e a impossibilidade de apanhar o instante feliz se situa como tema central:

E corrias, aquela tarde,
aquela de ouro e espigas, depois do colégio,
olhos verdes, demasiado rápido, demasiado longe,
para que, sonhando, pudesse atingir-te.
Somente muitos anos depois descobri
o impossível do teu nome abraçando o meu.
(...)

Logo depois de uma minuciosa leitura dos dois volumes, não pude deixar de dar razão ao professor Bradford. A qualidade literária daquela guerrilheira sobressaía não só pela sua concepção poética, mas pela originalidade com a que aborda os temas universais da literatura e do homem. Resgatei todos os dados memoráveis que pude achar da sua figura e da sua vida, inevitavelmente difusos como a chuva por trás de um cristal, por pertencer ao bando dos perdedores.

Maria Elisa nasceu em Mieres,[2] numa família mineira, e quando aconteceu o levantamento do general Franco, não aguentou ficar impassível lavando as cinzentas roupas dos homens da sua casa e se atirou, com inexpugnável decisão, ao monte. As tropas franquistas lhe chamavam de "O gato preto", devido à sua cabeleira escura e à profunda cor dos seus olhos, e durante três anos combateu-as com fereza, até que finalmente teve que dar por perdida aquela guerra e se exilou no México.[3] Lá publicou *O bosque afundado*, livro de heterogênea temática pelo qual transitam assuntos como o amor, a desigualdade social, a saudade e a morte, ou a desaparição da realidade próxima, tudo isso tratado com um grande sentimento, gerando, para nós, alguns dos melhores poemas espanhóis do século XX.

Uma das considerações que motivam a sua presença nesta galeria de heterodoxos, malditos e marginais da literatura foi a clarividência criativa que lhe permite escrever algumas composições certamente à frente à sua época. Como exemplo dessa afirmação reproduzimos um poema que não aparece incluído em nenhum dos seus dois livros, e que foi publicado na revista mexicana *El largo viaje*.

GALEOTE

Apreenderam o teu olhar com imagens,
com inúteis palavras, e levaram-te a ti, galeote,
remar contra o vento às azuis pradarias do silêncio,
até ao tempo de ruas molhadas e túneis de ferro.

O som opaco dos tambores retumba entre os teus olhos,
estala o chicote com a sua língua de fogo o teu nome,
e tu, irmão, treme como um abismo furioso.
Pode deixar de remar, pensar, e saltar ao oceano,
para nadar, por fim, livre entre a espuma,
e inventar canções impossíveis e tormentas
que afundem os barcos, que rompam os remos.
Mas tu, galeote, como o resto da tua estirpe,
teme o oceano e o seu horizonte, e continua,
sem saber para onde, para quando,
desesperadamente,
remando.

Aprecia-se nesta composição, como aponta Laurice Kelvinsson no artigo *A terra, a bigorna e a literatura*, no que indaga sobre a literatura social, uma preocupação reivindicativa, pelos, como ela denominava, "cidadãos do mundo".

A Europa seguia convulsionando pelo fascismo, e quando Hitler lançou os seus tentáculos, Maria Elisa Júcar não duvidou em viajar até à França para combater a ocupação nazista. Durante uma incursão, um batalhão da SS arrestou-a, e sem juízo nem defesa, em uma tarde de abril, quando o sol declinava, foi fuzilada contra a cerca de um cemitério.

Os seus camaradas de armas encontraram no pequeno gibão vários dos cantos que compõem a sua melhor criação, junto com alguns textos que escreveu durante a sua estadia mexicana, e que vieram à luz vários anos depois da sua morte, sem alcançar apenas repercussão entre os críticos. *Canção contra a alvorada* é um alegação contra a guerra e a injustiça, mas fundamentalmente um canto à liberdade humana e pessoal. Escrito com um estilo direto e simples, projeta sobre o leitor o sonho de uma vida melhor, uma existência livre de grilhões, como se pode observar num fragmento do poema terceiro, intitulado *O rio sem água*, pertencente ao segundo canto:

Os muros imensos, os canhões apontando
a realidade imposta dos que dominam,
devorou os teus olhos a mirada azul do vento.
Mas eles não sabem que a chuva que nos banha
sonhou que era vermelha, e se escutamos o seu canto,
a sua canção de liberdade, as suas cadeias já jamais,
jamais, nos poderão atar.

NOTAS

[1] A descoberta da obra de Maria Elisa foi um cataclismo. Depois de uma árdua semana, ao chegar ao meu gabinete, a secretária tinha deixado um pequeno pacote embrulhado em papel de jornal. Lá estavam os dois livros de poemas da guerrilheira. Esplêndidos, desconhecidos, únicos.

[2] Mieres é um município situado na parte central das Astúrias. Atualmente tem uma população de 41 mil habitantes.

[3] O seu exílio, involuntário como o de milhares de intelectuais espanhóis, deu início em maio de 1939.

BIBLIOGRAFIA

O bosque afundado, Maria Elisa Júcar, Aztec edições, 1940.
Canção contra a alvorada, Maria Elisa Júcar, Aztec edições, 1945.

KASSIUS KOLTZ,
EFÊMERO

Somente no efêmero se acha a beleza, unicamente no perecível, no inútil, existe a poesia, existe a verdade. Resulta ridículo e fátuo buscar a sobrevivência da obra; a busca da posteridade é o maior erro que um criador pode cometer. Nada disso resulta válido. A obra de arte tem que morrer; não brota para existir eternamente, mas para dar sentido a um momento, para fornecer de beleza um instante.

Com essas palavras costumava começar Kassius Koltz, a quem a critica britânica outorgou o sobrenome de "o Efêmero", as leituras literárias e os trabalhos radiofônicos em que participava. As lendas que gravitam em volta deste autor são muitas, talvez demasiadas, por isso me vou centrar nos dados que consegui reunir. Afirma-se que uma vez lido o poema ou o relato destruía com eficácia – já fosse deixando arder o papel enquanto o contemplava com arroubo, ou rompendo o original em centenas ou milhares de pedacinhos – qualquer rastro da sua escrita, e que somente graças à sua mulher, que resgatou do esquecimento uma pequena parte do seu trabalho, foi possível que alguns livros, certos misteriosos e insondáveis trechos da majestosa e imperdível obra de Kassius Koltz, tenham vindo à luz.

Convém indicar que uma das suas principais características é que boa parte dos seus escritos, apesar da sistemática destruição dos originais, ficou registrada fundamentalmente em vários programas de rádio, ficções teatralizadas de alto valor literário e que se podem escutar, como eu fiz durante mais de duas semanas, no arquivo sonoro da (CRP) Rádio Central.[1] Muitos dos textos de Koltz, durante um período amplo, foram escritos para ser emitidos por esse meio, e apesar da fugacidade e brevidade da rádio, resultam peças essenciais para entender o seu trabalho literário, as suas inquietações, e em grande medida a sua vida.

Era um homem, segundo o seu mais reconhecido biógrafo e estudioso, o professor Francois Blume, mais parecido com um poderoso relâmpago ou com um fugidio meteorito do que com um ser humano. Vale a pena se deter em sua descrição, incluída na biografia que Koltz escreveu, que leva por título *O relâmpago*:

> Kassius era alto e de sorriso amplo; tinha os olhos verdes e as mãos muito grandes. O seu caráter era difícil e explosivo; era um homem versátil, mas inconstante. Possuía uma energia excessiva que fugia aos borbotões dos seus lábios na forma de palavras, dos seus trejeitos na forma de movimentos, e da sua cabeça na forma de sonhos. Se quisesse, teria podido gerar uma das obras mais insignes da história, mas não foi assim, e isso faz dele um escritor inigualável. Ele jamais procurou a compreensão dos demais, mas a sua própria.

Cheguei ao conhecimento de Kassius Koltz graças à leitura de um artigo de Martin Cross, um heterodoxo literário, intitulado *A verdade da palavra*, em que o definia como o autêntico e mais eficaz homem que a linguagem conseguira sonhar. Esboçava-o como a fugaz exalação que na sua passagem dá sentido a toda uma eternidade, a toda uma história da literatura. Dizia, no seu ensaio, que poucos escritores chegaram a uma compreensão maior da palavra e, através dela, ao sentido da existência. A personagem atraiu poderosamente a minha atenção. Busquei os seus livros, e a sua literatura e as história me seduziram, arrastando-me à mais selvagem vertigem.

Achamo-nos diante de uma obra majestosa. A sua palavra, descarnada e essencial, rotunda e pura, seduz o leitor e o obriga a refletir, ao mesmo tempo que se deleita na construção lírica da linguagem utilizada, nas características da condição humana e nos temas universais, tais como o amor, a realidade imperfeita, a saudade, a morte e a passagem do tempo. Devo esclarecer que Kassius não nos proporciona nenhuma resposta, mas unicamente brilhantes perplexidades.

A sua mulher, Florette Hoskin, com a qual se casou quando tinha apenas 20 anos, conseguiu salvar da devastação dois livros, que foram publicados após à sua morte: um cancioneiro e um livro de contos. O volume de contos intitulado *De homens e sonhos*. O tom geral é alegórico, mas possui uma deslumbrante técnica e uma original estrutura, que mergulham o leitor com habilidade nas profundezas da história do homem, rasgando qual epopeia a eternidade. O cancioneiro, batizado como *O céu em chamas*, de cintilante pureza linguística e atravessado por elementos de contundente expressividade, eleva-se como um sonho até atingir as mais altas cotações da lírica.

O final da sua vida parece desenhado como um sonho ou uma lenda. Quando tinha 45 anos caiu numa forte depressão. Em uma manhã de abril, em que chovia docilmente, viajou até o mar com a sua mulher. Fizeram um piquenique numa deserta e imensa praia. Florette garantiu mais tarde que o ânimo do seu marido era excelente, como se tivesse recuperado a alegria, e a tristeza fosse só um episódio do passado. Quando acabou de comer, tomou um gole de vinho, sorriu, e, sem se despedir da sua companheira, e apesar dos seus gritos e súplicas, introduziu-se, vestido, no mar. Escorregou para as profundezas marinhas muito devagar, como se estivesse dançando com as ondas. Cinco dias depois, o seu corpo foi achado entre as rochas.[2]

Em definitivo, a obra singular e única de Koltz, na qual se aprecia um profundo compromisso com os seus semelhantes e um desesperado amor à vida, poderia ter formado parte do cânone, mas o seu empenho por vislumbrar a existência como um breve relâmpago entre dois vazios, impediu que o seu reconhecimento fosse maior. É possível que a riqueza da sua obra resida nesse conceito.

Concluímos este breve retrato com um esclarecedor fragmento de uma conferência que proferiu na Universidade de Greenwich, e que de alguma maneira dá sentido à sua vida, à sua visão de mundo e à sua literatura:

Em ocasiões, no meio da sobrevivência cotidiana, na ducha, cruzando um semáforo ou dirigindo, bate-me sem piedade a luz desigual do relâmpago, assalta-me uma poderosa sensação, a certeza terrível de que a existência está vazia, de que nada tem sentido, e me conquista a inutilidade de viver, arrebatando-me tudo o que sou e enfrentando o nada mais furioso. Então, como um resquício, encontro significado a tudo isto, à beleza, a isto que chamamos existir. A possibilidade da felicidade reside não em apanhar o instante, não em entendê-lo, mas em deixar que se escape, que tudo aconteça. O que podemos fazer é fluir e construir no efêmero a felicidade. Do contrário, o relâmpago seguirá a bater, a arder na intimidade. Senhoras e senhores, pensem nas minhas palavras, porque, e disso não tenho nenhuma dúvida, todos navegamos neste mesmo e fugaz barco.

NOTAS

[1] Recomendo escutar a sua obra radiofônica. A maneira certeira de recitar, os seus textos profundos e inigualáveis, produz um enorme prazer intelectual.

[2] Já que foi achado nu entre as rochas, o seu corpo, efêmero como tudo o que é humano, tinha começado a se descompor.

BIBLIOGRAFIA

O céu em chamas, Kassius Koltz, DoTempo edições, 1952.

De homens e sonhos, Kassius Koltz, Del Tiempo edições, 1953.

El relámpago, Francois Blume, Edições da Universidad de los Andes, 1958.

VLADIK KOSPÈK,
ASSASSINO

Não sei se é sonho ou realidade, ainda que acho que essa distinção não é relevante. Lembro-me perfeitamente da fragrância da noite e das suas palavras lustrosas e azedas cruzando o salão. As minhas mãos afagando levemente o piano, e umas tristes notas pressagiando a tragédia. Um fogo áspero nascendo no meu coração, correndo para as minhas mãos, para os meus movimentos. Depois, os seus olhos azuis incendiados, o seu pescoço branco e delicado, e as minhas mãos, as mãos do crepúsculo, apertando.

Pouco ou nada se sabe de Vladik Kospèk, autor das anteriores palavras incluídas no romance *As mãos do crepúsculo*, mas sem dúvida vale a pena se deter nos escassos dados que possuímos, graças ao interesse que a sua excecional obra gera.

Saiu de Varsóvia ainda criança, e acabou em Detroit, após residir, segundo alguns dos seus biógrafos, durante a sua infância e adolescência em Londres e Berlim.[1] Autodidata, aprendeu literatura nas bibliotecas municipais e de algum professor voluntário do ensino público. Desempenhou diversos ofícios: desde padeiro ou canalizador até ajudante numa floricultura. Arruaceiro e frequentador da marginalidade, passou na sua juventude um par de anos no cárcere, por uma trapaçaria ao serviço dos Correios.[2]

Durante a sua estadia na prisão escreveu o seu primeiro romance, *A navalha e a rosa*, de gênero *noir*, assim como o resto dos seus sete volumes em prosa, com personagens descarnadas, violentas e solitárias em ambientes hostis e em processo de afundamento, todo isso envolto num cru e expressivo realismo.

A despiedada autenticidade que destilam as suas páginas eleva-se à sua máxima expressão em *Toda a chuva*, um exercício demolidor de humanidade, em que um homem procura a sua filha desaparecida pelos baixos mundos; ainda que talvez a sua obra magna seja a já mencionada *As mãos do crepúsculo*, uma fantástica narração a duas vozes: um desencantado e alcoólatra policial, por um lado, e um descarnado assassino, por outro. Um romance indispensável e à frente ao seu tempo, o que se pode perceber com toda a evolução do gênero *noir* dos últimos anos.

John Gustav Kluff, professor e ensaísta, num artigo que veio à luz na revista norte-americana *Grandes horizontes*, declarava:

> Kospèk concebia a literatura como um exercício de sinceridade; não escrevia acerca de temas que desconhecia; fazia-o unicamente sobre fatos da sua própria experiência. Este comentário está muito longe de afirmar que vivera entre policiais e ladrões, nem mesmo que comprovasse de perto tudo o que as suas personagens viviam, mas, sem dúvida, em todos os seus enredos subjaz uma requinte de realidade, de indubitável e terrível autenticidade, que põe os cabelos em pé, e que pôde transferir ao papel com essa intensidade da qual só é capaz quem conhece esses ambientes de primeira mão.

O ensaio mais relevante que se tenha realizado sobre Kospèk, *A roda do destino*, foi escrito pelo seu amigo e colega de armas literárias John K. Jerome. Nele adentra-se com ousadia na mente do assassino e romancista, apoiando-se nas entrevistas que manteve com ele durante os dois últimos anos da sua estadia no cárcere, até que, numa briga no pátio, um adversário lhe espetasse uma chave de fendas no coração e falecesse enquanto contemplava as nuvens passar entre os muros da prisão.

Os dois assassinatos[3] que Kospèk admitiu ter cometido estavam relacionados com a sua literatura: o primeiro e mais notório foi o do seu agente literário. Desferiu-lhe quatro tiros na cabeça, devido, segundo a nossa personagem, a uma diferença de uns poucos dólares na liquidação dos seus direitos de autor. Uns meses depois disparou, com a mesma pistola, no crítico literário Kevin Forrester no meio de uma festa, por publicar uma resenha negativa sobre um de seus romances, mas, fundamentalmente, por declarar na reunião na qual faleceu, que Kuspèk era um farsante, que jamais tinha vivido nada do que as suas obras descreviam.

A citação final do livro de John K. Jerome contradiz essa afirmação e dá sentido à vida e à obra de Vladik Kospèk:

> Não julgarei a vida de Kospèk, não falarei dos seus pecados e erros, mas sim da sua obra, e isso é a única coisa realmente importante, pois forma parte da melhor tradição literária: a autêntica literatura. Aquela dos homens que vivem e escrevem da mesma maneira, a daqueles que se enfrentam com tudo o que têm, com tudo o que são e possuem, à vida.

NOTAS

[1] Falava fluentemente alemão, inglês, polonês e russo. As suas obras foram escritas em inglês.

[2] Sentenciaram Kospèk a três anos por fraude, mas, por boa conduta, cumpriu apenas dois anos e três meses.

[3] Foi condenado a vinte anos e um dia por cada um dos assassinatos que reconheceu, durante o juízo, ter consumado. Esteve recluso durante sete anos, até que lhe espetaram a chave de fendas.

BIBLIOGRAFIA

A roda do destino. Aproximação a Vladik Kospèk, Jerome, K. John, Cussius edições, 1978.

A navalha e a rosa, Vladik Kospèk, Edições Semtempo, 1982.

As mãos do crepúsculo, Vladik Kospèk, Edições do Ar, 1985.

Toda a chuva, Vladik Kospèk, Edições do Ar, 1987.

LARRY KULPEK,
VIAGEIRO

O mundo, esta esfera feita de terra, sonhos e água, é um lugar demasiado grande, demasiado formoso para viver a vida sempre num mesmo espaço, para assumir que o lar é um conceito inamovível.

Com essas palavras arranca o que é, no nosso entender, o mais original livro de viagens da literatura ocidental, *Um lar para o homem*, obra da singular personagem de que passamos a nos ocupar na continuação. Larry Kulpek, no seu volumoso tratado, fez uma pormenorizada descrição da geografia, da cronologia e da geopolítica de grande parte do nosso planeta; tomando como pretexto uma simples, e ao mesmo tempo genial ficção, em que um homem, Tobe Casild, percorre o mundo conhecido, transita pela maior parte das regiões, fronteiras e países do orbe, descobre culturas e sociedades, tudo isso na procura de um simples objetivo: achar um lugar perfeito para se estabelecer, tentar encontrar esse lar ideal onde possa ser, finalmente, feliz.

É provável que transgrida algumas regras não escritas ao anunciar que o nosso protagonista não atinge o seu objetivo;[1] e é provável, também, que esta circunstância não influa na qualidade da sua obra, já que o seu valor não reside na descrição do destino de Tobe Casild, mas na aventura interior e exterior do viajante e na aprendizagem que do mundo e de si próprio atinge Larry no seu original périplo.

Florián Sánchez Ferlou, historiador e geógrafo, especialista em literatura viageira, assegura no seu livro *Kulpek, o homem que nunca esteve lá*, as impressões, sem dúvida algo poéticas que após a primeira leitura de *Um lar para o homem* acudiram à sua mente e posteriormente à sua caneta:

> *Um lar para o homem* encerra tantos segredos e mistérios, tantos países e regiões, tantos rios, montanhas, tantas árvores e vales, riachos, arbustos e becos da paisagem, tantos vilarejos, aldeias, tantos campos e hortas; existem na obra de Larry Kulpek tantas ruas, edifícios, tantos homens, tantos costumes e sociedades, que realmente não é um livro de viagens, mas um deslumbrante universo, um perfeito e detalhado mundo.

O singular volume está escrito em primeira pessoa, alinhavado com os encontros que Tobe Casild mantém com diversas e extravagantes personagens que o acompanham pelos diversos territórios e capítulos, e com as quais mantém emaranhadas e complexas conversas em que se explicam os segredos impronunciáveis, sejam históricos, geológicos, humanos ou políticos, de cada área do globo que o protagonista vai visitando.

A exatidão e minuciosidade, a paixão e energia das suas descrições são consideradas pelo Colégio Internacional de Geógrafos como as mais perfeitas que ao planeta azul se dedicaram. O professor Simon Husthcer da Universidade de Pensilvânia e diretor adjunto da mencionada instituição, durante uma conferência que proferiu na sede do Centro Kennedy, manifestou que o livro de Kulpek era indispensável para a geografia moderna, e sem dúvida para a literatura, estimando que:

> *Um lar para o homem*, de Larry, é um dos volumes mais invulgares que caíram nas minhas mãos, e sem dúvidas o mais interessante. É um texto inigualável e singular, tanto pelo seu posicionamento quanto pela riqueza e escrupulosidade das suas explicações. Aos geógrafos nos interessa a orografia, a forma dos horizontes, e isso Kulpek o consegue com requintada concisão; mas, o mais importante e o que faz com que o livro de Kulpek se eleve às cimeiras da geografia universal, é que nas suas exposições lateja um hálito de autenticidade, uma compreensão da paisagem, uma íntima aceitação do espaço. Há nas suas palavras um alento especial, uma forma de entender o espaço e a viagem que consegue nos fazer ver as paisagens, as vilas, os costumes, da mão do narrador.

Larry Kulpek, a quem poderíamos denominar "O viageiro imaginário", jamais saiu de Joliet, pequena localidade situada no estado de Illinois, onde nasceu e viveu praticamente recluído no ático da casa familiar. De frágil constituição e caráter difícil, segundo reconhecem os seus parentes e os escassos vizinhos com os quais manteve relação, dedicava o seu tempo, desde muito criança, ao estudo dos grandes atlas do século XIX que descansavam na estante que o seu progenitor mandou instalar no sótão. Kulpek era um grande leitor, e a biblioteca que chegou a reunir era imensa e transbordada de livros estranhos e interessantes; como detalhe curioso, devo acrescentar que era um fervoroso admirador[2] da obra de Ájax de Beócia, a já mencionada *Églogas de Cylene*.

Não se lhe conhecem outros ensaios para além daquele que nos ocupa; mas conseguiu, com este seu único livro,[3] uma estatura literária dificilmente superável e o direito a ocupar um lugar de destaque nesta antologia.

Pouco antes de falecer como consequência de uma doença coronária de caráter congênito, concedeu uma entrevista ao biógrafo de escritores, Henry Kusselman, que foi incluída integralmente no seu interessante e enriquecedor estudo *Palavras que tinham sido homens*.

Nela perguntava ao "viageiro imóvel" pela estranha capacidade para descrever lugares onde não se tem estado, questão à que Kulpek respondeu com uma inquietante e insólita resposta:

> Sempre me interessou a geografia, mas o mistério ao que o senhor alude é o da minha vida: ao olhar para dentro, sem me dar conta, sem ser consciente disso, estava olhando para fora. Eu não fiz mais do que imaginar os lugares, sonhar com os rios tempestuosos, as altas montanhas, os vales silenciosos, imaginei os habitantes, os seus costumes... Imaginei um mundo, e depois, ignoro a razão, moldei-o, com a terrível e assustadora sorte de que, sem sabê-lo, já existia, exatamente tal e como eu o tinha concebido.

NOTAS

[1] Considero que é irrelevante desvelar pequenos detalhes da obra, já que o fundamental reside nas descrições. *Um lar para o homem* é um livro de viagens, não um romance. O enredo não tem realmente importância.

[2] A figura de Cylene, e a do seu autor, são mencionadas em vários trechos do livro de Kulpek.

[3] Segundo os últimos dados, mais de 80 mil exemplares de *Um lar para o homem* foram vendidos em todo o mundo.

BIBLIOGRAFIA

Um lar para o homem, Larry Kulpek, Fallen Publisher Houses, 3.ª edição, 1970.

Kulpek, o homem que nunca esteve lá, Florián Sánchez Ferlou, Edições Clássicas, 1985.

Palavras que tinham sido homens, Henry Kusselman, Cúspide edições, 1987.

CONNOR MAC LURY,
LOBISOMEM

Derrama-se a lua, e a sua luz
despe-me de ser homem.
Sinto no meu interior o chamado do bosque;
Aguardam-me o vento e a floresta,
a noite escura e o retorno ao selvagem.

Se nos atermos a uma boa história geral da literatura irlandesa, como, por exemplo, a muito reputada de Liam Stevson, intitulada *Irlanda escrita*, o nome de Connor Mac Lury aparece certamente malquisto, sendo citado como um poeta menor e um romancista medíocre, apesar da sua indubitável qualidade literária e do grande sucesso de público e vendas que as suas obras obtiveram durante os anos 1920 e, apesar de ser, em nosso parecer, uma das vozes de mais destaques e originais das Ilhas Britânicas de todo o século XX.

Consideramos que essa péssima consideração não se deve à natureza da sua obra, mas ao mistério ou lenda que o envolveu durante uma boa parte da sua vida e, essencialmente, ao escandaloso e incompreensível desfecho da sua existência, e às especulações, mais próximas da ficção científica do que de hipóteses plausíveis, que após o seu falecimento se ergueram.

Connor Mac Lury conheceu o mundo em Galway, no ano de 1895, no seio de uma família endinheirada, e de certo modo aristocrática, formada pela sua mãe, uma condessa caída em desgraça, e o seu pai, um comerciante escocês, do qual o nosso protagonista toma, logicamente, o sobrenome. A sua formação em direito não o impediu de se dedicar por completo ao mundo das letras, apoiado pela sua progenitora, a também poetisa Caitlin Rosie.[1]

O jovem Connor levava, pois, no sangue a inata predisposição dos povos célticos à lírica. Por altura do seu vigésimo aniversário publicou *O amor em volta*, uma antologia poética sóbria e contida, de tom profano e tendências românticas, mas nitidamente influenciada pela poesia materna, de tendências místicas e religiosas.

Reproduzimos a seguir um poema curto, intitulado *Horizontes*, pertencente ao livro mencionado, por considerá-lo, em vista da sua expressividade e efetivo romantismo, uma representativa amostra da etapa criativa na qual a crítica alcunhou o lobisomem.

HORIZONTES

Sustêm, aqui na ribeira,
as gotas de chuva o entardecer,
luz que flameja na matéria do ar.
Nesta praia, finalmente,
és o horizonte
que se deixa atingir.

Poucos meses antes de completar 25 anos, durante uma viagem que realizou pela campina inglesa, numa noite profunda, enquanto passeava sob a luz da lua, recebeu a penetrante mordida de um imenso cão negro, que o deixou, como lembrança indelével, uma ligeira marca em sua perna esquerda, e se atendemos ao testemunho do nosso protagonista, a terrível maldição da licantropia.

Ao seu regresso, o seu caráter afável e cordial transforma-se em esquivo e solitário, e a sua obra perde esse ar de simbolismo menor e cresce em originalidade e potência, situando-se à margem de modas e formalismos e dando origem a uma poesia única e vigorosa reunida no magistral volume *A transformação*, que veio à luz três anos depois do lutuoso acontecimento.[2] A publicação desta antologia outorgou-lhe o instantâneo fervor do público, e ao mesmo tempo uma recusa por parte da maioria da crítica, à que se enfrentou Liam Kindelam, com enérgica veemência, afirmando nas suas páginas literárias do Irish Herald:

> A poesia de Mac Lury, de temática íntima e profundamente vívida, transpassa fronteiras e épocas, situando-se numa das mais elevadas cimas que a nossa lírica tenha atingido nos últimos séculos. É um tremor único, uma pulsão, elegíaca e desconsolada, acerca do homem e o processo de transformação que todos devemos viver.

A licantropia que o poeta confessava padecer, e que originava a sua habitual transformação em lobo cada vez que a lua cheia atingia o seu zênite, acarretou-lhe muitos inimigos, que, contudo, não puderam evitar que a publicação do seu romance *A terra vazia* fosse acolhido extraordinariamente.

O romance é um exercício literário dificilmente igualável, e conquistou tanto leitores quanto críticos. O professor John S. Eliott, um dos seus mais irados detratores, por considerar o assunto da metamorfose animal uma grosseira estratégia de marketing, rendeu-se diante da qualidade de *A terra vazia*, como podemos extrair do seu ensaio *O lobo e a palavra*, trabalho dedicado por completo à vida e obra de Mac Lury:

> *A terra vazia* contém todos os elementos necessários para que uma obra funcione: personagens brilhantes, diálogos ágeis, mas profundos, e, fundamentalmente, um enredo poderoso e envolvente. É, sem dúvida, apesar da minha lamentável opinião sobre Mac Lury e as suas inexplicáveis afirmações sobre a licantropia, o romance do século XX irlandês.

Mac Lury, apesar da sua fulgurante carreira literária, deixou de escrever, por razões desconhecidas, e retirou-se a uma mansão familiar na parte mais setentrional do país. O carimbo de escritor maldito acrescentou-se durante aqueles anos, devido ao seu esquivo comportamento e ao seu desagradável caráter. A esta fama contribuiu em boa medida a estranha morte do escritor.

Uma noite de lua cheia, o criador de gado Ryan Foss,[3] ao ouvir que os anhos baliam irrequietos, saiu com a espingarda de dois canos, e ao ver um enorme lobo negro devorando uma ovelha, efetuou um par de disparos. De manhã, Connor Mac Clury foi encontrado ao lado do bosque, completamente nu e com dois tiros no peito. Transcrevo, para concluir, pela sua beleza e significado, uns versos do poeta irlandês:

Tudo se transforma diante do espelho
Quando a palavra por fim me esquece
E sou somente a profundidade da noite,
a formosa sombra; sou, somente, uivo.

NOTAS

[1] Caitlin, mãe do nosso protagonista, tem alguns versos memoráveis incluídos no livro de poemas *A rosa e a manhã*.

[2] Connor assegurava que a sua licantropia não só o obrigava à transformação, mas que tinha mudado por completo a sua intimidade.

[3] Ryan Foss se tornou muito popular depois dessa série de estranhos acontecimentos que desembocaram na morte de Connor Mac Lury. Ryan Foss visitou estúdios e estações de rádio, acrescentando mais literatura à lenda do licantropo. Jamais foi julgado.

BIBLIOGRAFIA

O amor em volta, Connor Mac Lury, Edições Irlandesas, 1915.

A transformação, Connor Mac Lury, Kantarin edições, 6.ª edição, 1938.

A terra vazia. Connor Mac Lury, Kantarin edições, 18.ª edição, 1951.

O lobo e a palavra, John S. Eliott, Fallen Publisher Houses, 1.ª edição, 1954.

PARIS MOREL,
NAMORADO

Como uma flor que não sabe que é flor,
que não pode compreender a sua beleza,
assim és tu, sonho meu,
como uma flor.

O poeta do amor e da natureza, Paris Morel, autor dos versos que encabeçam este breve perfil, era gordo e muito baixo, como um tonel que tivesse extremidades, e caminha pela vida com um tempo emprestado. A sua face era grande e triste; a sua boca, pequena, e os seus olhos de um verde intenso. Vestia-se invariavelmente com o mesmo estilo de fatos, de rigoroso azul-escuro e corte clássico, e levava, em sinal do seu amor roto e extraviado, uma flor louçã e vermelha, que renovava pontualmente cada manhã no ilhó da sua americana.

Se nos ativermos a um dos seus melhores biógrafos, o professor Thomas Reverdy, a de Morel é a história de uma promessa e de um impossível.

Paris nasceu num afastado e pequena povoado, Outeiro de Tebra,[1] na distante região de Undoso, e lá alimentou, graças à biblioteca dos seus avôs, o amor pela literatura.

Amou os poetas clássicos, a métrica latina, e deu os primeiros e hesitantes passos na lírica da mão de uns precisos hexâmetros.[2]

Aos 18 anos, quando estudava humanidades, coincidiu nas aulas com Am Schuman, e se apaixonou perdidamente por seus olhos verdes. Num arrebatamento amoroso, sob a luz de uma lua amarga, enquanto mantinham a sua única, poderíamos chamá-la cita, prometeu-lhe, prometeu-se, sem dúvida inocentemente, que iria escrever para ela o poema mais formoso, o poema de amor mais perfeito e nunca antes escrito. Com intensidade e rijeza, entregou-se ao labor que se tinha autoimposto. Com tanta fogosidade que deixou de lado qualquer outra atividade, esquecendo-se que o mais importante na vida é viver. A relação com a sua amada, inevitavelmente, rompeu-se; contudo, Paris continuou, durante anos, cavalgando pela palavra na procura daquela quimera. Algumas das suas expressões amorosas roçam o sublime. Como exemplo transcrevemos um poema magistral, o qual só expomos os cinco primeiros versos pela ferocidade expressiva da sua lírica:

Sempre amei as coisas tristes,
o soluço do estio sobre a luz do dia,
a lua chorando a sua claridade sobre a tua face,
este amor sem sentido que me devora
e os teus olhos, os teus lábios, toda a tua tristeza.
(...)

O eterno apaixonado, como o denominava o crítico Isasi Gollomp, foge da prosódia tradicional e da métrica clássica para configurar uma obra plena de riqueza expressiva e originais e inovadoras formas poéticas. Os seus poemas, constituídos por uma série de justaposições de imagens, sem aparente ritmo nem rima, consolidam a sua mensagem de amor e sentimento, por meio de uma veemência autêntica, graças ao que roça a incompreensível e inefável sustância que nos faz homens. Paris consegue, em ocasiões, afagar o segredo do amor, o mistério desconhecido e inapreensível que levamos na raça, perseguindo durante milênios. Achamo-nos diante de uma poesia comovente, que destila intimidade e meiguice, um exercício literário surpreendente e único aberto à vitalidade e ao amor.

Jarud Joseph, na sua imprescindível *Antologia da poesia amorosa*, considera a obra de Morel peça fundamental no quebra-cabeça da literatura romântica:

> A poesia de Morel é lirismo romântico na sua máxima expressão, atingindo com alguns poemas cumes inigualáveis. Transmite com a habilidade do ourives os detalhes desse sentimento que chamamos de amor. A sua obra é ainda mais interessante, pois ele jamais escreveu pensando em publicar: a sua procura da expressão amorosa era íntima, e, por isso, absoluta e perfeita.

Convém deixar constância, aprofundando no assinalado pelo antólogo Jarud Joseph, que o poeta nunca enviou os seus manuscritos a nenhuma editora, e foi a sua irmã que se empenhou para que aqueles versos viessem à luz, a quem devemos hoje poder conhecê-los. Publicaram-se ao amparo do mesmo selo editorial, o já desaparecido "A canção vazia edições", quatro livros de poemas intitulados *Tu e eu*, *Alvorecer nos teus olhos*, o magnífico e delicado *O Beijo*, e talvez a sua melhor obra, *Maneiras de sentir-se só*. Todos eles tiveram uma ótima acolhida, e a crítica o definiu como o poeta que melhor soube apanhar o arrebatamento amoroso. Nunca concedeu entrevistas; jamais falou em público da sua poesia. Paris Morel não buscou, enquanto escrevia, construir uma carreira literária; não desejava o reconhecimento social, mas somente exprimir o amor.

Como anedota, e para terminar, Am e Paris somente roçaram de leve os seus lábios numa ocasião, mas Morel legou-nos este poema, testemunha terrível daquele instante único:

Navegas a vida abandonando-te nos anos,
perdendo-te nos dias,
mas voltas a ti para indagar naquele
verão, nessa quinta-feira remota,
e já, completamente inapreensível, para dizer-me
sonhando: lembras-te?
Não podemos deter o tempo,
amor, mas se pudesse,
sem duvidar latejaria eterno
nesse instante e nesse beijo.

NOTAS

[1] Outeiro de Tebra contava com 900 habitantes quando Paris Morel nasceu. Na atualidade, a aldeia está abandonada.

[2] Os hexâmetros que Paris Morel escreveu na sua infância foram lidos e estudados por este antólogo graças à biblioteca do Colégio Estudo, situado em Undoso.

BIBLIOGRAFIA

Tu e eu, Paris Morel, A canção vazia Edições, 1954.

Maneiras de sentir-se só, Paris Morel, A canção vazia Edições, 1954.

Alvorecer nos teus olhos, Paris Morel, A canção vazia Edições, 1956.

O Beijo, Paris Morel, A canção vazia Edições, 1957.

Antologia da poesia amorosa. Jarud Joseph, Edições do mar, 1984.

GILBERTO NUNO DAS ROSAS, OCULTISTA

No escuro, na profundidade, na transformação se acha a saída para este labirinto, para esta existência.

Descobri essa frase manuscrita nas degastadas páginas de um volume de ocultismo que comprei num desengonçado alfarrabista da luminosa Praga. As palavras estavam escritas do avesso, em hebreu antigo, e somente com a conjunção de um espelho, um dicionário e a minha imaginação consegui decifrá-las.[1] Examinei esterilmente o livro à procura de mais dados sobre aquela notável sentença, mas unicamente o axioma e o nome do seu autor pude ter clareza. A existência de Gilberto Nuno das Rosas e o seu trabalho literário são igualmente misteriosos, dobrando-se como um escuro sortilégio uma sobre o outro.

Filho de um próspero comerciante português e de uma bela mulher originária de Macau, Gilberto nasceu em Lisboa, e no seu ouvido, ao nascer, sua mãe sussurrou umas palavras de magia chinesa. Desconhece-se qual foi a mensagem. Logo seus pais se deslocaram para Sintra, fascinante cidade na qual Gilberto se iniciou, graças à influência materna, na feitiçaria, no esoterismo e na alquimia. Desde tenra idade, o conhecimento e a prática dessas ciências ocultas foram considerados pelo nosso protagonista como os mais altos cumes aos que um ser humano, uma criatura atrapada nesta existência mortal, pode aspirar. Os seus pais faleceram, quando ele tinha 12 anos, num misterioso incêndio acontecido na sua casa. A partir dessa altura a sua formação correu por conta de amigos da família. As suas pegadas se perdem durante quase uma década, até que aparece de novo em Roma um livro perdido, inencontrável no nosso tempo, já que as autoridades versadas em ciências obscuras do Vaticano ordenaram que fossem incineradas todas as cópias, intitulado *O ressurgir obscuro*. Salvaram-se somente uns poucos exemplares, que descansam num par de bibliotecas universitárias, e uma deteriorada reprodução na coleção pessoal do meu amigo e colega de estudos Auxias Harke. Tenho podido lê-lo e transcrevê-lo, e gostava, que pela sua bela e estranha estrutura, pela sua intensidade, nos detivéssemos na leitura de um dos seus poemas, intitulado *A noite derramada*, magnífico expoente da poesia de Nuno das Rosas.

A NOITE DERRAMADA

Espelho liberando
O teu olhar do seu azougue;
estoura, e ainda que fujas
salpica-te com o seu fogo
o golpeado elmo de prata.
A leve pegada da aurora
vibra ainda nas árvores,
mas tudo está perdido,
completamente perdido,
as tuas mãos tremem contendo

a noite derramada;
o abismo que o teu sonho
esqueceu sonhar.

A tenebrosa literatura que durante anos compaginou com os seus estranhos rituais está recheada de referências, símbolos difíceis de interpretar para o profano, e mensagens cifradas acessíveis unicamente para os iniciados.

Friedman, na sua interessante *Enciclopédia das artes obscuras*, dedica ao lisboeta um capítulo inteiro. Nele assegura que a leitura da sua obra magna, *O livro dos espelhos*,[2] pode conduzir à demência. Não poderia aventurar uma afirmação similar, mas posso garantir que nas páginas dos dois títulos que habitam a minha biblioteca, *A escada invertida*, e o já mencionado pelo estudo de Friedman, fulguram como um sol impenetrável os seus obscenos e protervos conteúdos, assim como os monstros e quimeras alheios a este mundo e ao homem.

O livro dos espelhos transita entre diversos gêneros como se fosse um meteorito. A obra, apesar da sua errática disposição, centra-se num jovem, Gustavo de Almeida, que a partir dos conhecimentos adquiridos em alguns livros secretos encontrados no sótão da sua casa vai mergulhando-se numa série de espelhos, realidades e dimensões na procura do mal e da resposta final. A escura condição do degradado protagonista o leva a cometer sacrifícios humanos e os atos mais arrepiantes que se possa imaginar. Em toda a composição, em cada uma das suas palavras, gravita o duplo sentido, pelo qual na sua leitura se adverte com nitidez o cuidado com o que a sua estrutura foi desenhada.

A sua qualidade literária é inegável, e há muitos intelectuais defensores das suas obras, como Henry Kusselman, que no seu livro *Palavras que foram homens* o considera um dos mais originais escritores da história da literatura. Candice Lufestein, uma das suas mais fervorosas estudiosas, manifesta no artigo *Gilberto Nuno Das Rosas, o oculto fervor pela palavra*, publicado no número 123 da revista literária eslava *Silêncios*, o seguinte:

> Nuno das Rosas escreveu alguns dos fragmentos mais excelsos, tanto pela sua força expressiva e qualidade, como pelos sombrios e misteriosos significados que destilam as suas palavras e que permanecem no leitor. *O livro dos espelhos* tem tantas leituras como vezes o escreveu. Contam os seus conhecidos e acólitos que foi reescrito centenas de vezes. Desconheço-o. Simplesmente é um texto tão cativante, tão escuro e tão inegavelmente bom que recomendo que se leia pelo menos um par de vezes ao longo da vida. Há demasiado por descobrir nas suas páginas; de fato, toda a obra de Nuno é uma maravilha literária, e isso apesar de que os seus detratores moralistas o detestam e procuram a desaprovação geral. Definitivamente, isso é o que realmente importa, e por muito que se empenhem, será lembrada.

Expulso uma e outra vez das cidades e vivendas que ocupava, uma vez que era descoberta a natureza dos seus experimentos e rituais,[3] viajou pela metade do planeta, residindo em Madrid, Rio de Janeiro, São Petersburgo ou Milão, onde deixou construções estranhas, que em muitos casos foram derruídas, fazendo com que todo vestígio da sua passagem pelos diferentes países, por considerá-los lugares impuros e malignos, foi apagado.

Podemos assinalar como exemplo do estranho comportamento de Nuno das Rosas, que a sua casa de Milão[4], situada na conhecida Via Dante, era feita de espelhos: o chão, as paredes e o teto eram espelhos. O escritor assegurava, a quem quisesse ouvi-lo, que tinha percorrido com frequência a vereda dos espelhos; uma senda perigosa que separava diferentes mundos, diversas realidades. Quem teve a oportunidade de visitar o seu antigo lar, desprovido já de espelhos e completamente vazio, assegura que ainda, apesar do tempo decorrido, o ar destila malignidade.

Definitivamente, e centrando-nos na sua criação, apesar de suas obras terem sido proibidas, em alguns casos, como já temos comentado, destruídas, existe nelas, sem dúvida, um considerável valor, dada a complexidade das estruturas e da mensagem que o seu conteúdo expele. No estritamente literário, podemos assegurar que se o seu trilho vital e interesses intelectuais não se tivessem encontrado tão longe do tolerável pela sociedade, a sua obra, imaginativa, profunda e original, teria sido muito valorizada pela crítica e pelo público.

Passou os últimos anos da sua vida em Darmouth, no condado de Providence, onde se tornou muito popular pelas suas excentricidades e por ter construído no jardim dos fundos da sua casa um poço, e nele uma escada invertida que não levava para parte alguma.

Durante o verão de 1918, a investigação sobre a misteriosa desaparição de várias jovens fechou-se sobre o esotérico. Quando a polícia se apresentou em sua morada, com uma ordem de prisão, o nigromante brincou pela janela do salão, e diante o estupor dos agentes, Gilberto Nuno das Rosas desceu pela escada invertida do poço do jardim. Ninguém se atreveu a descer atrás dele. E ele jamais voltou a subir.

NOTAS

[1] A máxima foi uma descoberta imensa. Surpreendeu-me que alguém tivesse consumido tanto tempo em ocultar nas páginas do volume aquelas palavras. Chamou a minha atenção, em primeiro lugar, a caligrafia, intensa e nervosa, e também a minha incapacidade para interpretá-la. Somente por casualidade, e com o emprego de um espelho e um dicionário, fui capaz de traduzi--las. A compreensão da citação aludida e a utilidade de esconder o seu significado estão muito longe do que consegui.

[2] Devo confessar que a leitura de *O livro dos espelhos* me causou estranhos pesadelos e um agudo desassossego intelectual, devido à intensidade das suas páginas.

[3] Não existem muitos dados acerca dos rituais que Gilberto Nuno das Rosas praticava. Os seus vizinhos aludiam a estranhos uivos na metade da noite, luzes a cores e cânticos misteriosos e invocações que persistiam, incessantes, durante dias.

[4] No decorrer da investigação com vistas à elaboração desta antologia, e coincidindo com uma viagem à Itália, para ministrar um seminário em Roma, acheguei-me a Milão com a única intenção de visitar a casa de Gilberto Nuno das Rosas. O prédio está completamente vazio, e ainda se podem ver as marcas dos espelhos, apesar de ter sido arrancados já há tempo. Um sotur-

no silêncio o sobrevoa, e uma atmosfera enigmática gravita sobre os quartos. Uma inexplicável sensação de terror apoderou-se de mim, ainda que a minha demora naquela casa não se alongou mais de cinco minutos.

BIBLIOGRAFIA

O ressurgir obscuro, Gilberto Nuno das Rosas (sem editorial nem ano de publicação).

O livro dos espelhos, Gilberto Nuno das Rosas (sem editorial nem ano de publicação).

A escada invertida, Gilberto Nuno das Rosas (sem editorial nem ano de publicação).

Enciclopédia das artes obscuras, Walter Friedman, Orbe edições, 1980.

Palavras que foram homens, Henry Kusselman, Cúspide edições, 1987.

ALICE OUVERT,
DESAPARECIDA

Sustenta Fitch Fouldam na sua imprescindível *Genealogia de literatura norte-americana*, e num pequeno apêndice em que repassa a cultura *outsider*, que a pouco prolífica obra de Alice Ouvert (escreveu somente três romances) é a mais singular de todo o século XX americano. Essas três narrações correspondem-se com outros tantos momentos vitais, tão diferentes, tão distantes uns dos outros, que produz certa vertigem debruçar-se sobre as suas páginas. Confesso que a aproximação à narrativa da nova-iorquina foi fruto da casualidade. Em ocasiões, a casualidade, isso que alguns denominam destino, depara-nos agradáveis surpresas. Há dois verões, durante umas breves férias, na branca prateleira de um asséptico quarto do hotel em que me alojava, tropecei com o primeiro romance de Alice, intitulado *Os dias vazios*. O crepúsculo estival vestiu com a sua mágica luz o momento em que comecei a ler a menina Ouvert.

A obra descreve a descida aos infernos de uma jovem escritora, fala das suas humilhações, saudades e fracassos. Um lirismo sujo misturado com uma sórdida angústia existencial sobrevoa as suas páginas. As desditadas aventuras da protagonista decorriam, condimentadas com um humor ácido e uma humanidade que me comoveu profundamente. O romance era um caleidoscópio, narrado em primeira pessoa, das emoções de uma mulher. Gostei tanto, que a li em uma sentada, esquecendo por completo o jantar e deixando um par de colegas universitários com os quais me tinha encontrado naquela remota cidade costeira, aguardando por mim na mesa do restaurante. A inexcusável quebra dos meus hábitos sociais foi recompensada com a descoberta daquele talento. A admiração que me causou, mas acima de tudo o interesse por tão deslumbrante autora, impulsionou-me a ler, no termo de uma semana, a obra completa de Ouvert. Constituía um conjunto extraordinário, e estranhou-me a indiferença com que a crítica a tratava. Os três romances tinham sido publicados pela mesma editora independente, sediada em São Francisco, que se chamava simplesmente Streets.

Os volumes, em formato de bolso, eram mais uma surpresa. Nas três orelhas, uma mulher perturbadoramente bela olhava o leitor em idêntica posição. A única coisa que variava em cada uma delas era a idade da protagonista.

Na primeira, era uma formosa jovem; na segunda, intitulada *O tempo branco*, uma mulher madura afixava os seus olhos no espectador, e na última, *O desenho da água*, tratava-se de uma atraente anciã a qual observava desde a saudade da fotografia. Sessenta anos separavam as datas de publicação. Informava-se, na concisa biografia da sobrecapa, que a autora tinha escrito apenas aqueles três livros. Não achei crônicas, nem retratos, nem estudos que ratificassem aquela informação, mas com esforço, persistência e alguma sorte consegui tecer a história de Alice, e, portanto, a das suas criações. Confesso que reunir os dados que na continuação ofereço sobre Alice Ouvert, que o crítico e professor da Universidade de Oxford, Elias Volvoretta, alcunhava "a desaparecida", foi realmente complicado, e só foi possível graças à relação epistolar que estabeleci com o mencionado acadêmico.

A primeira parte da sua vida foi a mais simples de desenhar. Nasceu em Nova Rochelle, no condado de Westchester, em 1920, numa família de classe média. Fugiu da sua cidade natal e estudou biologia na Universidade de Nova York. Graduou-se com louvores e conseguiu vários empregos meritórios. Casou-se jovem com William Forrester, também escritor, e teve duas crianças às quais deu os nomes de Phill e Evan.[1] Quando publicou *Os dias vazios*, Gary Straus, na sua coluna literária do *New York Herald,* escreveu sobre ela:

> Um singular desdobramento de tristes personagens e um desolado tabuleiro de jogo servem a Ouvert para criticar com crueldade e rebeldia a sociedade atual.

O romance teve imediata repercussão midiática, e a sua autora conseguiu certo reconhecimento literário. Mas aqui começa o mistério desta história. Sem dar nenhuma explicação, no dia em que alcançava 30 anos abandonou a sua vida, o seu marido e os filhos, e desapareceu do mapa. A polícia a investigou infrutuosamente durante um tempo, até que chegou uma missiva de algum lugar da Europa que, destinada à sua família, dizia: *"Eu os amo, mas o que faço está além do amor. Suplico que não me procurem".*

O seu rastro se perde, ainda que Alice nunca renunciou a usar o seu verdadeiro nome, e por causa disso fui capaz de averiguar o seu itinerário e achar, tempos depois, notícias suas nos Países Baixos, mais concretamente em Rotterdam, graças a um censo de cidadãos estrangeiros residentes na cidade. Considera o professor Volvoretta, apesar de não ter nenhum dado confirmado, que durante esse vazio temporal escreve poesia e a publica em algumas revistas literárias resguardada por pseudônimo.[2]

Sem poder contrastar a anterior asseveração do especialista, resolvi dar essa hipótese por perdida. Publica, naquela etapa, *O tempo branco*, um poderoso romance com colorações de ensaio histórico, no qual uma personagem feminina em idade adulta vai descascando com desencanto as engrenagens da história contemporânea europeia. Adverte-se nela uma mudança na linguagem, uma transformação no tom; a nova Alice pouco conserva do seu anterior estilo. As escassas críticas que recebe a saúdam como um debute tardio na literatura. Essa sua segunda obra é diametralmente oposta à anterior, como é também a sua vida em Rotterdam.

Vive sozinha e se comunica escassamente. Frequentadora das bibliotecas públicas, trabalha como jardineira no parque botânico da cidade. Poucos dias antes de fazer 60 anos, em silêncio, sem nem sequer se despedir do seu trabalho, esvaece-se como o fumo na névoa. Do estudo mais certeiro, intitulado *A caneta desaparecida*, que o professor Elias Volvoretta dedica à vida e à obra de Ouvert, extratamos este clarificador parágrafo:

Alice é como uma borboleta de névoa. A sua beleza é difusa, inapreensível, o mesmo que os seus romances, que se conformam como castelos de cartas perfeitamente alinhados; instáveis, sempre na fuga em direção ao nosso imaginário. *O tempo branco*, a sua obra da idade intermédia, é uma das mais poderosas reflexões escritas sobre o mundo ocidental. A fragilidade com que faz com que o castelo de cartas que inventamos se derrube é um verdadeiro acerto literário. Mas o que mais me perturba é: por que foge, então? O que acontece com ela? Sigo pensando que simplesmente é uma borboleta de névoa que cobiça ser nuvem.

Até a publicação de *O desenho da água*, três décadas depois, nada se conhece da sua existência. Encontramo-la, nesse momento, vivendo nos arredores da cidade de Gloucester, num lar de idosos, e com quase 90 anos. No dia em que faz 89, enviou aos seus editores o volume final da sua trilogia. O romance, no meu entender, é uma magistral composição em que várias personagens femininas, habilmente construídas, descrevem, com certa laxidão em ocasiões, com convulsionante entusiasmo em outras, a sua vida, e fundamentalmente o mundo que lhes coube viver. O estilo é direto e contundente, como um rolo compressor, o que faz dela, graças à sua poderosa expressão, uma obra-prima praticamente desconhecida. Poucos dias depois da publicação do romance, Alice Ouvert, nesta ocasião provavelmente para sempre, esvaeceu-se de novo.[3]

Curiosamente, as publicações e as desaparições coincidem no tempo. Talvez para Alice os dois fatos estavam irremediavelmente unidos, sendo as duas caras de uma mesma moeda. Desconheço se na literatura encontrou a paz que presumivelmente procurava, ou só foi para ela, como para muitos de nós, uma terrível tempestade. Considero que talvez fosse a sua maneira de obter diferenças. Necessitava mudar de vida para poder perceber as coisas de diferente maneira. Talvez viveu desse modo para poder escrever três obras tão diversas quanto imprescindíveis e impressionantes. A sua forma de viver e de entender a escrita é muito estranha, mas não somos nós quem devemos julgá-la. Só ela tem esse direito, pois, como assevera a protagonista de *Os dias vazios*:

> (...) seria covarde, medíocre, buscar o elogio dos outros. Há que escrever como se vive. O que importa é tentar conseguir o próprio aplauso.

NOTAS

[1] Tive a oportunidade de conhecer pessoalmente os dois filhos de Alice Ouvert. Apesar de existir certa reticência inicial para falar de sua mãe, pareciam compreender intimamente a sua progenitora, o que me fez suspeitar que tinham mantido relação com ela durante os anos em que esteve desaparecida.

[2] Existem, nessa época, algumas publicações periódicas nas quais se encontram alguns relatos, assinados com o pseudônimo Clarice Búrdios, que bem poderiam ser de sua autoria.

[3] Abandona o lar de idosos pela janela do seu quarto, durante a noite. Apesar das buscas policiais, não se conseguiu achá-la.

BIBLIOGRAFIA

Os dias vazios, Alice Ouvert, Streets edições, 1950.

O tempo branco, Alice Ouvert, Streets edições, 1980.

O desenho da água, Alice Ouvert, Streets edições, 2010.

A caneta desaparecida, Elias Volvoretta, Edições Universitárias de Chile, 2012.

AMUND ROBERTSSON,
O URSO

Em Amund Robertsson achei não só um dos escritores mais interessantes da sua geração, mas também, e acima de tudo, uma das mais invulgares pessoas que conheci. Era muito grande, pode-se dizer que imenso. Quase todo o mundo lhe chamava de Urso. Tinha uns profundos olhos castanhos, que brilhavam enérgicos no centro da sua descomunal cabeça, recheada de barbas e emaranhados cabelos; caminhava muito devagar, como se o tempo para ele encerrasse outro sentido. As suas mãos, grandes e curtidas, moviam-se sem parar tocando tudo o que havia em volta dele. A sua voz era um trono que não sabe que o é, e as suas palavras, as escritas e as pronunciadas, são, sem dúvida, algumas das mais belas que tenho ouvido e lido.

Começo este retrato com umas palavras de Isasi Gollomp, do seu livro *Escrevendo a neve*, no que reflexiona com penetrante audácia e delicada lucidez sobre a literatura setentrional. Da sua leitura podemos extrair dados muito relevantes sobre a obra de Amund Robertsson, conhecido familiarmente como "o Urso", e que não aparecem registrados em nenhuma outra fonte. Apesar da extensão e variedade da sua obra, considero que o seu melhor texto, o que o faz aparecer nesta antologia, é o seu imprescindível romance intitulado *A carícia branca*, escrito quando já se tinha retirado ao seu afastado lar na Islândia. Amund nasceu em Oslo, em uma humilde família, em maio de 1931. Desde muito jovem foi conhecido com o apelido de "o Urso",[1] devido à sua extraordinária corpulência e ao seu aspecto viking e desajeitado. Cresceu entre os sons de gaivotas e de marinheiros do porto, e muito cedo abandonou a educação tradicional para aprender de maneira autodidata. Exerceu os mais variados ofícios: desde garçom, num lugar recorrente e que daria título à sua posterior obra, *A tasca do pescador*, ou marinheiro durante uma temporada, até exercer a função de auxiliar de bibliotecário. Foi durante os dois anos em que desempenhou essa tarefa que aprendeu, como ele próprio dizia, a dança das palavras. As suas primeiras incursões literárias apareceram publicadas no número 34 da revista literária *Snow*, na qual uns sólidos, mas ainda indecisos poemas, vieram à luz.

Tomamos como exemplo estes versos, realmente muito conseguidos, tendo em conta a idade do autor, que não atingia os 17 anos, mas nos quais sem muito esforço podemos entrever parte das suas inclinações literárias e das suas obsessões pessoais, como a incomunicação, a saudade, mas também a empatia e um profundo amor pela humanidade:

ASSIM ÉS TU

Rio, estrela, fogo indefinido...
Fogo que não sabe queimar, estrela
que não terá como se apagar,
rio, sonho inacabado,
que não saberá achar a sua desembocadura,

o nome do seu final. Assim és tu,
amigo meu, homem que caminhasse
sem para onde nem quando, nem luz nem noite,
nem ontem nem amanhã...
Assim és tu, irmão, assim sou eu.

Paciente e consciencioso, Amund foi conseguindo os objetivos que se marcava e logrou plasmar alguns dos versos mais inolvidáveis que se escreveram, e alguns dos relatos mais intensos e de melhor feitura do século XX.

Não se sabe exatamente, apesar de que se lançaram muitas hipóteses, o que se passou pela mente do escritor, mas quando tinha 30 anos, e uma carreira literária que começava a despontar – ganhara o Prêmio Fusser pelo romance *O homem que caminha* –, quis esquecer-se do mundo dos homens e se retirou para um lugar mais inóspito da Islândia, numa pequena e quase despovoada região da ilha.[2]

Levou consigo apenas um monte de livros, uma máquina de escrever, a qual, segundo afirmam, faltava a tecla da letra "q", comida para uns meses e bebida para vários anos. Desapareceu por completo, e somente as regulares edições dos seus romances e antologias testemunhavam que Amund continuava vivo. Não se sabe nada da sua vida durante quase quarenta anos.

A sua obra, fundamental para entender a literatura nórdica, desdobra um intenso leque de histórias, em concreto de aventuras na profundeza selvagem da natureza, onde personagens solitárias enfrentam o mundo, à realidade e a si próprios com as poucas armas autênticas que o homem possui: inteligência e humanidade. Na entrevista telefônica que pude ouvir no departamento de literatura da Universidade de Oslo, graças ao professor Unuis Blutarque, e que concedeu no verão anterior à sua desaparição, ele afirma:

Toda a minha obra fala do homem, porque, diz-me Unuis, pode-se por acaso falar de algo mais, há algo mais para dizer? Portanto, a temática central da minha obra é o ser humano, a solidão que o queima e o nada que a todos nos cerca e nos aguarda. Tudo o que está diante, tudo o que se diz de mim e da minha vida, o que se afirma das minhas personagens, é inútil; não serve de nada.

Erik Thomson e a sua equipe acharam o corpo do imenso escritor quando iam em sua busca para gravar um documentário sobre a sua enigmática existência. Estava à beira de uma falésia a partir da qual se via o mar. Tinha a máquina de escrever entre as suas pernas. A morte o tinha surpreendido enquanto contemplava o entardecer, pelo menos um par de meses antes do seu achado. As baixas temperaturas o congelaram e mantiveram o seu ricto e posição, como símbolo da sua forma de entender a vida. Tudo era branco naquela paisagem. As nuvens vagarosas, tão brancas como distantes. A neve cobrindo os objetos, e uma pálida saudade latejando no lugar onde antes teclava Amund Robertsson. Uma página na máquina de escrever, e uma única e enigmática palavra navegava solitária pela nívea folha:

Eu

NOTAS

[1] Vi fotos de Amund, nas quais sua altura era de praticamente dois palmos a de seus acompanhantes. Ademais, o seu aspecto feroz e peludo convidavam a vê-lo como um urso. A sua aparência chocava frontalmente com o seu carácter. Todos os que o conheceram asseguram que era muito meigo e terno, que falava devagar, e era extraordinariamente prestativo com os demais.

[2] Tive a chance de visitar o inóspito lar que durante o seu retiro, num afastado lugar da Islândia, ocupou Amund. A casa, por decisão dos herdeiros, permanece intacta, tal e como ele a deixou, e não somos poucos os que peregrinamos até aquele santuário. Tinha uma biblioteca pequena, mas muito bem escolhida. Os livros estavam manuseados e velhos, devido às múltiplas leituras. Alguns dos títulos que descansavam nela pertencem a alguns escritores desta antologia. Encontrei, entre outros, *Os dias vazios*, de Alice Ouvert, o magistral *Um lar para o homem*, de Kulpek, e numa edição gasta, e com as folhas já soltas e amarelas, as *Églogas de Cylene*, de Ájax de Beócia.

BIBLIOGRAFIA

O homem que caminha, Amund Robertsson, 9.ª ed. Témpano edições, 1955.

A carícia branca, Amund Robertsson, Témpano edições, 1962.

Escrevendo a neve, Isasi Gollomp, Cuernavaca, 1980.

ULRIKE WALDEN,
FREIRA

Confluem, na obra de Ulrike, alguns dos fragmentos mais sublimes da literatura universal. Constituem estes fragmentos cotas da mais alta literatura, aquela que busca a união entre o homem e o inexplicável, que tenta explicar com palavras, que busca nomear para entender o inefável. Os dois livros que pudemos estudar da freira maldita, como a denominava o teólogo Jokine Berchard, o intitulado *A forma da luz* e o magistral *Caindo do céu*, são leituras imprescindíveis para entender a literatura tal e como hoje a conhecemos.

Encabeço este texto sobre a religiosa Ulrike Walden com as palavras do crítico argentino Juan Carlos Tusell, que considero significativas para a adequada compreensão da vida e da obra dessa singular religiosa.

Ulrike pertencia às *Wanderer*, que vem significar algo parecido com "As caminhantes", uma pequena ordem religiosa que só existiu em enclaves cercanos de Waden-Waden. Ulrike viveu até à sua expulsão da ordem num pequeno mosteiro chamado Steinhaus,[1] "A Casa de Pedra", acarinhado pelo rio Schiltach, no coração da misteriosa Selva Negra.

Ulrike procedia de uma família muito pobre, e à precoce idade de 6 anos, quando o século XVII começava a alvorecer, a sua família a abandonou no convento onde mais tarde professou. Nunca teve verdadeira vocação religiosa; mas, sim, e nisto todos os críticos coincidem, um anseio de conhecimento, voraz e intenso, que a converteu numa peça fundamental da ordem até que foi excomungada. Os seus primeiros e originais poemas, reunidos com o título *As formas da luz*, atingiram uma grande popularidade, apesar de terem sido escritos em língua culta, sendo recitados tanto pelos trovadores quanto pela arraia-miúda.[2] Em nosso juízo, que coincide com o da professora Juliet Hoss, em qualquer dos versos aprecia-se uma quebra entre o pensamento moral da ordem e o desejo incrédulo de conhecer o mundo em primeira mão por parte da poeta. Assiste-se neles a uma renúncia às formas clássicas, aos axiomas teológicos, e à busca de uma linguagem própria, como podemos observar na seguinte estrofe:

Os muros do castelo interior
não delimitam a claridade;
foge selvagem o fulgor único,
esse que perdemos a cada instante,
a misteriosa luz do homem
que imagina a nossa íntima forma.

O professor Tusell, no seu ensaio *Na procura do verbo*, o qual aprofunda com inigualável acerto na vida e na obra da transviada religiosa, aponta o seguinte:

O rio criativo pelo que navegava Ulrike Walden era turbulento e profundo. A humanidade que destila, a ampla gama de registros e o obstinado leque de argumentos da poeta para escrever dessa maneira, conduziram-na indefectivelmente para uma inexaurível catarata.

O enaltecimento dos poemas profanos de Ulrike Walden irritou profundamente os seus superiores, que ordenaram a reeducação espiritual da freira, encaminhada a conseguir que a poeta catasse unicamente simples odes à comunhão entre o homem e Deus.

Ulrike não se curvou diante do báculo tutelar dos prelados, não dando ouvidos às advertências e conselhos que verteram sobre ela e a sua forma de escrever. A religiosa continuou na mesma linha poética, rompendo com o estabelecido e adiantando-se, no que à expressão se refere, ao seu tempo. O estilo, barroco e complexo, profundamente metafórico e enigmático das suas primeiras composições, atinge nesta etapa criativa o seu clímax. Diante da sua negativa, abriu-se um processo inquisitorial que levaria a religiosa para o mais trágico destino.

O padre Johan, incumbido da investigação, acusa-a de conivência com o diabo, e a submete a múltiplos vexames e horrendas torturas. Não conseguem arrancar da irmã a confissão, assim que lhe cortam a língua e os dedos, impedindo dessa forma que continue com o seu ofício literário,[3] e eliminando também qualquer possibilidade de comunicação. Como já se sabe, a ignorância sempre foi e será o maior inimigo do homem. As suas palavras são vingança suficiente diante da ignomínia que sofreu, deixando para a posteridade alguns dos mais sublimes cantos que ao ser humano se dedicaram, como se pode apreciar no seguinte e breve poema incluído no seu segundo e último livro, *Caindo do céu*:

O homem inventou-o e o homem
pode esquecê-lo, mas o que não existe
pode ser real. Assumamos o nosso erro e
escapemos, fujamos
para onde a palavra nos faça somente homens.
Porque, deves sabê-lo,
não há noite sem alva,
e nesse silêncio que sonha
as formas tristes que damos à argila
não há verbo mais que o humano,
nem existe mais sentido para isto de viver
que o nada.

NOTAS

[1] Fui, num par de ocasiões, ver *A casa de pedra*, agora já umas ruínas sem nome, lugar onde morou e morreu a poeta. Está situada numa pequena encosta, e as suas formas sobressaem entre os afagos do despenhadeiro. À sombra dos seus muros, e com a canção do rio embalando os meus pensamentos, li alguns dos poemas mais intensos de Ulrike, e senti jorrar em mim uma poderosa empatia por toda a humanidade.

[2] Existem variações da lírica waldiana. Esses novos poemas são os que a tradição oral foi modificando no decorrer do tempo. A intencionalidade, a busca de quebra com o pensamento estabelecido, contra a religião dominante, são mais claros, se isso é possível, do que os originais.

[3] Os suplícios e a mutilação aos quais a religiosa foi submetida fazem que poucos meses depois do processo inquisitorial faleça, antes de completar 28 anos.

BIBLIOGRAFIA

As formas da luz, Ulrike Walden, Cuernavaca edições, 1915.
Caindo do céu, Ulrike Walden, Cuernavaca edições, 1925.
Na procura do verbo, Juan Carlos Tusell, Edições da Universidade de Buenos Aires, 1952.

SEBASTIAN WOLGA,
O MAU SUICIDA

(...)
O primeiro raio de sol pousando-se nos teus olhos,
como a borboleta que quer ser flor,
o primeiro raio de sol revelando-te o mundo,
como esse sonho que não poderás deixar de sonhar.

Era uma criança, e disso faz já demasiado tempo, quando percorria com o meu avô os bosques acesos pelo amanhecer estival. Lembro-me do cheiro suave e prometedor dos campos noturnos e maculados por essa luz que acordava, e quando chegávamos até um pequeno monte, de onde se podia enxergar o horizonte marinho, e o alvorecer muito levemente afagando-o, o velho pintor, o meu avô, aquele que sempre sentirei falta, elevava a sua voz, muito cava e gasta, e recitava com solene intensidade as frases que encabeçam esta breve biografia que dedicamos a Sebastian Wolga.

Rogo desculpas ao leitor pela anterior licença poética – considero que um escritor deve fugir dessas emoções, ou pelo menos deve fugir de manifestá-las –, mas terei de admitir que aquelas palavras, que essa formosa citação ou axioma, acompanharam-me ao longo da minha vida.[1] São, e isso descobri muitos anos depois, quando o animal da literatura já devorava o meu tempo, um intenso fragmento do romance *A construção de uma vida*, pedra angular da obra do austríaco sobre o qual traçamos este breve perfil, e que para nós é, sem dúvida, o mais vigoroso e intenso dos seus textos.

Nele aprofunda, com hábeis subterfúgios, na condição humana e as suas extensões, tomando como pretexto a vida de uma família, os seus problemas diários e as suas vivências numa pequena aldeia rural do Tirol. Durante as mais de 2 mil páginas pelas quais decorre a história não acontece nada, não há mais intriga que a vida tal e como a percebemos, unicamente podemos ler fragmentos detalhados da vida cotidiana; quer dizer, as personagens simplesmente vivem, apaixonam-se, casam, têm filhos e morrem. A obra tem como protagonista Jurgen Frost, um vigoroso e atormentado camponês que medita sobre a sua vida enquanto sobrevive a uma realidade cheia de penúrias; é uma vida contada com toda classe de detalhes e preenchida de reflexões metafísicas escondidas, dentro de um estilo preciso e rico em metáforas. Em suma, uma história simples e sem saídas de tom, sem mais tensão dramática do que aquela com que nos obsequia a própria existência. A serenidade que emana de cada uma das suas frases contagia o leitor, devido à pureza das estruturas, o ritmo sossegado e sereno da trama e a minuciosa descrição de cada um dos momentos vitais do camponês, mas, principalmente, pela positiva mensagem, pela generosa humanidade que destila cada uma das páginas da obra--mestra do autor centro-europeu.

Sebastian Wolga foi, como ocasionalmente sucede com os criadores, a antítese da sua literatura. Apesar do seu breve trânsito por este mundo, além de *A construção de uma vida*, publicou posteriormente duas novelas intituladas *A parte de atrás* e *Todos somos culpáveis*, singulares textos que em certa medida concluem a sua obra magna.

Sebastian nasceu em 1868 dentro de uma acomodada família originária de Kufstein, uma das cidades principais de Tirol do Norte. A sua ânsia de conhecimento bateu com uma apaixonada personalidade, sendo o seu dia a dia uma constante luta, uma batalha na procura do equilíbrio. Abandonou os estudos e se dedicou à vida dissoluta. *O amor dos corvos*, obra de tom falsamente romântico, é, a todas luzes, um cancioneiro de menor entidade como qual conquistou certa fama local como escritor; mas, apesar de tudo, durante longas temporadas, Sebastian Wolga sumia-se em profundas depressões e agudos episódios de melancolia dos quais só conseguia sair graças à sua entrega à escrita.[2]

Assegura Pieter Stomhom, um dos mais eminentes professores do seu país e provavelmente o melhor especialista na sua obra e na sua vida, que Wolga tentou suicidar-se em mais de meio cento de ocasiões. Sempre segundo os seu cálculos, apresentados no artigo *Wolga, suicida e escritor*, atirou-se desde o alto de vários campanários e pontes, ingeriu veneno em cinco ocasiões, lançou-se a diferentes rios mais de dez vezes, cortou as veias outra meia dúzia, e deu-se dois tiros, sempre com o resultado oposto aos seus interesses.[3] Nos jornais era alcunhado "O mau suicida", à vista da sua incapacidade, não se sabe se por medo ou por insegurança, de pôr fim à sua existência, e não foi até que a fatalidade o elegeu, quando, finalmente, deixou de respirar. Em uma manhã de abril de 1903, achando-se internado num sanatório, saiu, por conselho médico, dar um passeio no pátio, e enquanto sorria e a luz matutina batia no seu olhar, uma telha se desprendeu, por causa de uma brisa ligeira, caindo fatalmente sobre a sua cabeça e matando-o no momento. No seu epitáfio, por indicação do próprio Wolga, figura a seguinte citação, a todas luzes premonitória, extraída da sua obra-mestra, *A construção de uma vida*:

> *...Assim, enquanto entardecia, descobriu a verdade. Por muito que corras, a vida sempre te apanha.*

NOTAS

[1] Essa citação, poderosa, que o meu antepassado me recitava, tem sido uma referência na minha vida, acompanhando-me durante décadas. Às vezes, quando me falavam dos insondáveis mistérios da existência, tratava de dar-lhe uma visão poética, recitando a parte final: *"A vida é esse sonho que não poderás deixar de sonhar".*

[2] Assegura quem o conheceu que escrevia durante dias inteiros, noites completas, num estado de febril excitação, pelo que alguns estudiosos suspeitam que várias das obras de Sebastian Wolga se tenham perdido no tempo.

[3] Os dados que Pieter Stomhom oferece são, sem dúvida, aproximados, e pode ser que talvez sejam exagerados. O que resultam incontestáveis são as suas tendências suicidas, e que em mais de seis ocasiões as suas tentativas foram infrutuosas.

BIBLIOGRAFIA

A parte de trás, Sebastian Volga, Tirol edições, 1948.
Todos somos culpados, Sebastian Volga, Editorial Sol, 1951.
O amor dos corvos, Sebastian Volga, Editorial Sol, 1951.
A construção de uma vida, Sebastian Volga, Tirol edições, 1953.

CONHEÇA OUTROS LIVROS

LIVRO FINALISTA DO PRÊMIO JABUTI

Das distâncias entre as montanhas de Zahle e Santa Bárbara D'Oeste, entre 1920 e 2013, entre o império otomano e a ditadura brasileira, entre um avô e um neto e, da aproximação do fantástico com o autobiográfico, irrompe a narrativa deste romance evocativo, lírico e sensível sobre o medo e suas consequências.

A CARTA DE UM FILHO ENVIADA AO PAI

que se encontra à beira da morte no leito de um hospital. Um ajuste de contas ou um catálogo no qual se elencam todos os ressentimentos acumulados ao longo do tempo. É preciso romper a semelhança, esse fantasmático e opressivo cordão umbilical que liga o filho ao pai — para que uma narrativa pró-pria possa se desenvolver. É preciso matar a figura paterna, matar o autor para que o filho possa se inventar como escritor e o texto possa existir.

Todas as imagens são meramente ilustrativas.

Este livro foi impresso nas oficinas gráficas da Editora Vozes Ltda.,
Rua Frei Luís, 100 – Petrópolis, RJ.